내가 제일 잘 나가는 재벌이다

봉황송 현대판타지 장편소설

내가 제일 잘나가는 재벌이다 9

초판 1쇄 발행 2024년 6월 20일

지은이 ǀ 봉황송
발행인 ǀ 최원영
편집장 ǀ 이호준
편집디자인 ǀ 최은아
영업 ǀ 김민원 조은걸

펴낸곳 ǀ ㈜ 디앤씨미디어
등록 ǀ 2002년 4월 25일 제20-260호
주소 ǀ 서울시 구로구 디지털로32길 30 코오롱디지털타워빌란트 1301-1308호
전화 ǀ 02-333-2513(대표)
팩시밀리 ǀ 02-333-2514
E-mail ǀ papy_dnc@dncmedia.co.kr
블로그 ǀ blog.naver.com/gnpdl7

ISBN 979-11-364-5419-5 04810
ISBN 979-11-364-4879-8 (SET)

※ 저자와 협의하여 인지는 붙이지 않습니다.
※ 이 책은 ㈜ 디앤씨미디어(파피루스)가 저작권자와의 계약에 따라 발행한 것으로 본사와 저자의 허락 없이는 어떠한 형태나 수단으로도 내용을 이용할 수 없습니다.

내가 제일 잘 나가는 재벌이다 9

봉황송 현대판타지 장편소설

제1장. 안전장치 ················ 7

제2장. 수출 규제 ················ 35

제3장. 오대양 ················ 63

제4장. 동방화학사 ················ 101

제5장. 석탄화학 ················ 127

제6장. 석유화학 ················ 153

제7장. 짝퉁 ················ 193

제8장. 신제품 발표회 ················ 231

제9장. 영웅 ················ 257

제10장. 단속 ················ 283

제11장. 금의환향 ················ 309

안전장치

 생산을 늘리기 위해 스카이 포레스트는 용산에 추가로 대규모 공장을 건설하고 있었고, 이 공장이 만들어지면 종전보다 생산을 열 배 이상까지 늘릴 수 있었다.
 문상진은 지속적으로 연락을 주고받는 일본 기업이 스카이 포레스트의 대량 주문을 결코 무시할 수 없다고 판단하고 있었다.
 문상진과 달리 차준후는 냉정하게 작금의 사태를 분석하고 있었다.
 그의 분석은 단순한 예감이나 생각이 아니라 미래에서 펼쳐졌던 일을 바탕으로 한 현실이었다.
 "한국산 화장품의 수입을 금지했던 일본입니다. 원료를 비롯한 기계 장비들을 수출하지 않는 위험성이 있다는 걸 유념해야 합니다."

차준후는 일본의 수출 통제를 직접 본 적이 있었다.

화이트 리스트 배제!

화이트 리스트는 자국의 안전 보장에 위협이 될 수 있는 첨단 기술과 부품 등을 타 국가에 수출할 때, 허가신청이나 절차 등에서 우대해 주는 국가를 뜻한다.

화이트 리스트 배제는 거의 모든 품목의 한국 수출품을 개별 허가 대상으로 바꾸는 등 수출 절차를 엄격하게 나선 일본의 무역 보복이었다.

이로 인해 한국의 주력산업인 반도체가 적지 않은 타격을 입어야만 했다.

21세기에도 벌였던 일인데, 1960년대인 지금이라면 더한 일도 벌일 수 있었다.

반도체가 아닌 화장품이라는 점만 다를 뿐.

일본 정치권이 결정하면 한국에 대한 수출 통제는 아주 쉽게 이뤄진다.

전면 수출 통제가 아닌, 꼭 필요한 원자재 몇 개만 수출하지 않아도 스카이 포레스트의 공정 전체가 멈춰 버릴 위험이 있다.

"정말로 수출 통제를 할까요?"

"수출 통제가 없으면 지금처럼 수입하면 되는 것이고, 반대의 경우에는 생산 중단이라는 최악을 모면할 수 있습니다. 최악의 상황을 대비하는 게 옳다고 판단됩니다."

일본의 움직임을 가만히 지켜보는 게 아니라 선제 대응으로 수입 다변화를 한다는 사실이 중요했다.

상황이 앞으로 어떻게 변할지는 모르지만 대처하기 위한 만반의 안전장치인 것이다.

"제가 괜한 이야기를 했나 봅니다."

문상진은 최악의 상황을 맞닥뜨리지 않으려는 의도를 이해했다.

원료 한 개의 수급만 끊겨도 생산 공정 전체가 멈춰 버릴 수 있다는 걸 알게 되자, 등에 식은땀이 흘렀다.

달콤한 이익에 잠시 눈이 먼 것이었다.

"아닙니다. 회사에 이익이 되는 방향으로 말해 주신 전무님의 의견에도 일리가 있습니다. 창고에 석 달 이상 사용할 원료들을 쌓아 두세요."

차준후는 함정이 있을지도 모르는 길을, 위험을 감수하면서 걸어갈 생각이 없었다.

스카이 포레스트를 경영하면서 얻은 지혜였다.

"정부와 거래처에 원료를 공급해 달라고 이야기하겠습니다. 그러면 수출 통제가 이뤄진다고 해도 타격을 최소화할 수 있겠군요."

화장품 원료 공급은 여전히 정부의 통제 아래 있었기에 스카이 포레스트 역시 원료를 구할 때마다 허락을 받아야만 했다.

생산 물량이 폭발적으로 늘어나면서 필요한 원료는 급증하고 있었지만, 공급은 이에 미치지 못했다.

창고에 원료를 쌓아 놓지 못하고 원료를 구하는 대로 쉴 새 없이 생산에만 몰두하고 있었다.

외부의 문제로 인해 스카이 포레스트의 생산 능력 부족이 드러났다.

"상공부를 비롯한 부처 사람들을 만나 원활한 협조를 부탁하겠습니다."

좀처럼 움직이지 않는 차준후도 이번 일에 발 벗고 나설 생각이었다.

맡겨 놓고 방관할 줄 알았는데 이렇게 나서 주다니.

"대표님이 나서시면 천군만마가 도와주는 거죠."

문상진의 얼굴이 펴졌다.

그간 원료를 대량으로 구매할 때마다 공무원들에게 많은 눈치를 받아야만 했다.

시중에 물자가 아주 많이 부족한 시기였다.

그러다 보니 현물 자체가 현금이나 마찬가지였고, 시장에서 현물은 수입한 가격보다 몇 배나 비쌌다.

부동산 투기처럼 원료를 투기하는 기업들이 있었고, 스카이 포레스트도 똑같은 의심을 받았다.

이 때문에 문상진은 바쁜 와중에도 공무원과 정치가들

을 만나서 대량으로 원료가 필요한 이유를 설명했다.

참으로 피곤한 일이었다.

"공무원뿐만 아니라 정치가들까지 만나시면 어떻겠습니까?"

공무원을 설득하는 것도 번거로웠지만 정치인들이 가장 문제였다.

문상진은 그들과 대화할 때마다 풍성한 머리카락이 우수수 사라져 가는 느낌을 받았다.

정치인들이 만나고 싶어 하는 사람은 그가 아닌 바로 차준후였다. 꿩 대신 닭이 나왔으니 정치인들은 까칠하게 문상진을 대했다.

그때마다 문상진의 애간장이 녹아내렸다.

"공무원들만 만나도 원료 수급을 해결할 수 있지 않겠습니까?"

차준후는 무서운 이야기를 들었다는 것처럼 정치인들의 만남을 외면했다.

정치권에서 제동을 걸면 모를까.

미리 만날 필요를 느끼지 못했다.

정치인들과 만남을 극도로 회피하고 있는 차준후의 성격을 문상진은 잘 알았다.

"그러시겠죠."

문상진이 한탄했다.

이번에도 번거롭고 불편해서 머리카락 날아가는 일은 그의 차지였다.

'아! 때려 치고 싶다. 빨리 창업해서 사장이나 할까? 그래야 이 더러운 일에서 벗어날 수 있겠지?'

취업할 때 차준후가 약속했던 내용이 불현듯 떠오르는 문상진이었다.

직장인은 누구나 가슴속에 사직서를 품고 다닌다지 않던가.

그런데 단순히 생각일 뿐이다.

창업 자금이 없었고, 창업하고 싶은 업종이 떠오르지 않았고, 무엇보다 그의 부인을 비롯한 가족들이 스카이 포레스트 전무라는 사실에 크게 만족하고 있었다.

'창업한다고 사직서를 내면 미쳤다고 욕만 먹겠지.'

사랑하는 부인이 미쳐서 날뛴다고 생각하자 무서웠다.

학자로 교수를 꿈꾸고 있을 때보다 스카이 포레스트의 임원으로 있어 행복하다고 자주 이야기하는 부인이었다.

교수 집안의 김장과 집안 잔치, 장례식 등의 각종 행사를 쫓아다니면서 파출부처럼 일하는 등 그의 부인은 많은 고생을 했다.

교수가 되겠다는 남편의 꿈을 뒷바라지하면서 겪지 않아도 될 고난을 경험했다.

여자들의 보이지 않는 서열 다툼에는 말로 표현하기 힘

들 정도의 일들이 많았고, 교수 집안을 다녀온 날마다 부인의 얼굴은 썩어 문드러졌다.

그런데 이제는 상황이 반대로 바뀌었다.

작년 말 교수 부인들이 문상진의 집안으로 찾아와 김장을 도왔다.

문상진의 부인은 손 하나 까딱하지 않으면서 교수 부인들을 관리 감독하며 예전의 설움을 풀었다.

예전 문상진이 교수가 되려고 발버둥 친 것처럼 스카이 포레스트의 싱크탱크로 합류하려는 교수들의 욕심 때문에 부인들이 고생이었다.

김장을 끝마친 날 문상진의 앞에서 부인은 기쁨의 눈물을 펑펑 흘렸다.

문상진은 부인의 행복을 깨뜨리고 싶지 않았다.

스카이 포레스트에서 임원으로 일한다는 건 엄청난 특권을 가진 거나 마찬가지였다.

문상진도 대학교에 갈 때마다 받는 존경의 눈초리와 특급대우 등을 포기하고 싶지 않았다.

"항상 만반의 준비를 하는 게 맞아요. 예상하지 못했을 때 두들겨 맞으면 너무 아프다고요."

요즘 들어 때리고 패고 맞는 등의 일에 관심이 많은 실비아 디온이었다. 그녀는 인형처럼 예쁜 외모로 폭력적인 말을 툭툭 내뱉었다.

왜 이리 싸우는 걸 좋아하는 거야? 도통 모를 일이었다.

매사에 관심이 없었던 실비아 디온이 차준후로부터 영향을 받았다는 사실을 문상진은 몰랐다.

자고로 싸움 구경은 가장 재미난 구경거리 가운데 하나였다. 구경할 때만 해도 재미있는데, 직접 싸움에 나서면 엄청난 감정이 밀려온다.

무미건조하던 실비아 디온의 삶에 싸움은 열정적인 감정과 재미를 선사해 줬다.

"이건 싸우는 게 아니에요."

"전쟁이나 마찬가지예요. 엿 되는 상황은 절대 받아들일 수 없어요."

"엿 된다니요? 그런 좋지 않은 말은 대체 어디서 배운 겁니까?"

"직원들이 엿 됐다, 엿 먹어라는 표현을 자주 사용하더라고요. 따라서 몇 번 사용해 봤는데 입에 착착 달라붙어요."

"……좋지 않은 표현입니다. 사용을 자제하는 게 옳습니다."

"대표님, 엿이라는 단어를 사용하면 안 되나요?"

실비아 디온이 자신에게 폭력적인 가르침을 준 차준후를 바라보았다. 동시에 문상진도 차준후의 발언에 주목했다.

서로 자신의 의견에 힘을 실어 달라는 눈초리였다.

"바르고 고운 말을 쓰는 게 좋겠지요."

차준후의 말에 문상진이 득의만만한 표정을 지었다.

실비아 디온의 눈동자가 요란하게 흔들리는 가운데 차준후의 입이 재차 열렸다.

그 모습을 바라보는 차준후는 약간 켕기는 게 있었다.

자신에게 많은 걸 배우고 있는 비공식 제자를 이대로 방치할 수는 없었다.

"그렇지만 때로는 강하게 말하는 게 효과 좋을 때가 있습니다. 좋게만 말하면 호구 취급을 당하는 세상이니까요."

사람의 선량한 마음을 이용하는 나쁜 사람들이 적지 않았다. 나쁜 사람들에게까지 바르고 고운 말을 사용할 필요는 없었다.

"제 말이 틀리지 않다고 말씀하시잖아요."

인정받은 실비아 디온이 배시시 웃었고, 문상진의 표정이 굳어졌다.

옳고 그른 문제가 아니라 가치관의 차이였기에 차준후는 두 임원의 손을 모두 공평하게 들어 줬다.

그렇지만 두 사람의 모습을 볼 때 실비아 디온이 판정승을 거둔 느낌이었다.

안전장치 〈17〉

"가격이 비싸도 괜찮습니다. 일본 외에 원료를 구할 수 있는 길을 찾아보세요."

차준후는 원료 공급망을 다변화하라는 지시를 내렸다.

일본 외에 다른 공급망을 확보하는 것이 목적이었다.

혹시나 있을지도 모를 일본의 수작질에 당하지 않기 위한 선제적인 결정이었다.

"알겠습니다. 홍콩과 싱가포르에서 구할 수 있는지 알아보겠습니다."

"전 미국 업체들을 살펴볼게요."

"두 분 임원들 덕분에 제가 아주 든든합니다. 임원회의는 여기서 마치고 점심을 먹으러 나갑시다. 제가 근사한 곳에서 쏘겠습니다."

차준후를 필두로 세 사람이 사장실을 나섰다.

시세삼도에서 벌이고 있는 수출 통제 협잡질은 시작하기도 전부터 퇴색되고 말았다.

* * *

2차 세계 대전 이후 일본 경제의 성장률은 10%에 달할 정도로 엄청난 고성장을 지속하고 있었다.

한국전쟁을 계기로 중공업이 살아나면서 일본 경제는 1957년 직후부터 폭발적으로 성장했다.

일본 내수 시장에는 많은 전자 제품들이 범람하기 시작했다.

가정주부들의 힘든 일과였던 빨래를 해결해 주는 세탁기가 공장에서 대량으로 만들어졌고, 도로를 내달리는 자동차들이 늘어났으며, 냉장고와 오디오 등이 시중에 쏟아져 나왔다.

생활을 편리하게 만들어 주는 전자 제품인 토스터, 전기포트, 전기밥솥 등이 시중에서 폭발적으로 팔려 나갔다.

일본의 고도 경제 성장에 따른 전자 제품의 일부는 보따리상들을 거쳐서 대한민국으로 비공식 수출됐다.

이때 당시 국내에서 악어 전기밥솥 등 일본의 전자 제품을 가지고 있는 가정집은 대단히 잘사는 집안이었다.

전자 제품을 바탕으로 엄청나게 성장한 일본 내수 시장은 소비재가 폭발적으로 팔리는 시기에 접어들었다.

제조업체들에서 고품질의 물건들이 마구 쏟아져 나왔고, 세계로 퍼져 나갔다.

전후 피폐해졌던 경제가 빠른 속도로 활성화되면서 경제 대국의 기틀을 튼튼하게 만들어 가고 있었다.

정부, 기업, 은행의 전략적이면서 유기적인 협력에 의한 전략 산업을 육성하는 이른바 네트워크 시장 경제 시스템의 힘이 컸다.

일본 경제는 정부가 앞에서 주도한다고 보는 게 옳았다.

 정부의 전략 목표 아래 기업들의 연구 개발과 협력 그리고 은행의 자본 지원 등이 이뤄졌다.

 중화학공업은 일본이 최우선적으로 밀어주고 있는 분야이고, 화학공업 가운데 상당한 지분을 차지하고 있는 업체가 바로 시세삼도였다.

 소비재에 속하는 화장품이 일본에서 엄청나게 팔리고 있었고, 탄탄한 내수 시장을 바탕으로 시세삼도는 세계로 뻗어나갈 수 있었다.

 그런데 시세삼도를 탄탄하게 받쳐주고 있는 내수 시장이 스카이 포레스트의 등장으로 인해 뿌리째 뒤흔들리는 사태가 벌어지고 말았다.

 스카이 포레스트는 시일이 지날수록 일본 화장품 시장의 일부를 야금야금 잠식해 나갔다. 아직은 미약하지만 폭풍으로 성장할 수 있는 잠재력을 지녔다.

 - 일본 내수 시장이 흔들리고 있습니다.
 - 스카이 포레스트 때문에 힘듭니다. 당장 조치를 해주셔야만 합니다.

 시세삼도의 임원들이 정치인과 고위공무원들을 만나 고충을 토로했다.

 시세삼도는 일본에서 가장 잘나가는 화학업체인 동시

에 세계적으로도 유명한 화장품 회사였고, 일본 정부의 전략 목표를 실행해 주고 있는 첨병인 것이다.

시세삼도의 일본 시장 지배가 흔들리고 있다는 건 일본 정부의 경제 산업 육성 전략에 균열이 간다는 뜻이기도 했다.

화장품은 화학공업과 아주 밀접한 관계를 가지고 있다. 화학공업의 발달이 고품질의 화장품 연구 개발로 이어진다.

- 상황이 좋지 않습니다. 내수 시장의 일부분을 빼앗길지도 모릅니다.

- 투자를 줄여야 할 수도 있어요.

- 화장품 제조에 들어가는 기초원료 몇 종류만 수출량을 제한해 주셨으면 합니다.

시세삼도는 화학공업의 발달에 막대한 자금을 투자하고 있었는데, 화장품의 매출 감소는 투자의 감소와 성장률 둔화로 이어질 수밖에 없었다.

- 우리 일본이 자랑하는 시세삼도의 곤궁함을 처리해 줘야 마땅하죠.

- 조속한 시일 내에 조치를 취하겠습니다.

시세삼도의 국내 시장 점유율 추락에 일본 정부, 외무성이 적극적으로 나서야만 하는 상황이었다.

* * *

 경철원은 전임 공장에서 4년 동안 창고관리인으로 근무한 후, 작년 말에 스카이 포레스트 창고관리 책임자로 부임했다.

 스카이 포레스트 직원이 됐다는 사실은 그를 설레게 만들었다. 눈부시게 성장하고 있는 대단한 기업에서 일할 수 있게 됐다는 것만으로도 좋았다.

 스카이 포레스트 창고의 부지 면적은 엄청난 크기를 사랑했다.

 이 방대한 창고에 어제부터 끊임없이 트럭들이 들어오고 있었고, 트럭에서 하차한 드럼통들이 한쪽에 쌓이고 있었으며, 10톤 탱크로리 차량이 거대한 저장고인 200톤 탱크에 호스를 연결해서 액체 원료를 채워 나갔다.

 크고 작은 은빛 저장 탱크들이 창고 한쪽에 줄지어 서 있었다.

 "김 씨 아저씨! 트럭들이 들어서는 입구에서 거치적거리지 말고 밖으로 나와요."

 "알았다고. 오늘 처리할 물량이 많아서 빨리 움직이려고 그런 거야."

 드럼통을 굴리던 중년 사내가 땀을 뻘뻘 흘리고 있었다.

"다치면 본인만 손해라고요. 조심하세요."

경철원이 번잡한 창고 안에서 바쁘게 돌아다니면서 지시를 내렸다.

넓은 창고 안에 대여섯 대의 트럭들이 들어와 있었고, 그 트럭들에서 드럼통을 하역하는 작업이 이뤄졌다.

창고의 비어 있던 벽 한쪽에 드럼통들이 쌓이고 있었는데, 무척이나 혼잡했다. 창고 밖에는 하역을 기다리고 있는 트럭들이 잔뜩 기다리고 있었다.

역량을 최대한 발휘하고 있는 경철원은 전체적인 작업을 지시하면서 누구 한 명 다치지 않도록 온 신경을 썼다.

드럼통을 굴리고 쌓는 근로자들이 가쁜 숨을 몰아쉬고 있었다. 200리터 가득 채워져 있는 드럼통의 무게는 150kg이 훌쩍 넘었고, 무거운 드럼통은 무려 200kg에 달했다.

절대 무시 못할 엄청난 무게였다.

그런 드럼통들이 창고 한쪽에 층층이 쌓이고 있었다.

일본은 대한민국에 수출하는 기업들의 편의를 봐줬는데, 첫 거래에서 정부의 허가를 받은 뒤부터는 신고만 하면 수출할 수 있게 해 주는 제도였다.

이로 인해 기존에 한국과 거래하던 일본 기업들은 스카이 포레스트의 대량 주문에 신바람을 내면서 수출해 버렸다.

 속전속결로 움직인 스카이 포레스트의 움직임을 일본 외무성은 미처 알아차리지 못했다.

 "드럼통 쌓을 때 각별히 신경을 쓰세요. 균형을 잃고 쓰러지면 큰일 나니까, 교대로 일하세요."

 경철원이 높은 곳에서 드럼통을 쌓는 작업자들의 교대 근무를 지시했다.

 "걱정하지 마쇼. 조심조심 작업을 하고 있으니까."

 "명심하세요. 빠른 일 처리보다 안전이 최우선입니다. 30분마다 교대하셔야만 합니다."

 일용 잡부들이 이교대로 무거운 드럼통 작업을 하고 있었다.

 혹시라도 발생할 수 있는 사고를 미연에 방지하기 위해서 스카이 포레스트에서 인부를 잔뜩 고용했다.

 "아따! 이렇게 작업 환경을 신경 쓰는 곳은 대한민국에서 여기밖에 없다고."

 "스카이 포레스트에서는 안전을 최우선으로 신경 쓰고 있습니다. 작업자들이 다치면 윗분들에게 제가 크게 혼난다고요."

 경철원은 창고관리 책임자로 재임하면서 누구 한 명 다치게 만들지 않겠다고 다짐했다. 그러기 위해 창고 여기저기를 돌아다니면서 지속적으로 지시를 내렸다.

"자! 잠깐 휴식 시간입니다. 고된 작업을 잠시 멈추세요. 대표님이 주신 간식과 음료를 먹는 여유 시간을 보내도록 하겠습니다."

"간식이라고?"

"이야! 이건 외국인들이 환장하고 먹는다는 검은 물이잖아."

"이게 코크라고 하는 거다."

"콜라야."

"이름 따위 뭐가 중요한가? 맛있게 먹을 수 있다는 사실이 중요하지."

"스카이 포레스트가 먹을 거에 진심이라고 하더니. 보수도 엄청난데, 일용 잡부들에게도 간식을 주는구나."

"감사히 먹겠소이다."

일용 잡부들이 꽈배기, 풀빵, 단팥빵, 과자, 식혜, 오렌지주스, 콜라 등 진수성찬이 따로 없는 다양한 간식들을 먹었다.

양도 엄청났다. 음료를 궤짝으로 가져다 놓았다.

고된 노동에 시달리고 있는 근로자들이 무엇을 좋아할지 몰라 뷔페식으로 준비한 간식들이었다.

"여기에서 평생 일하고 싶다."

"나도! 왜 하늘숲이 최고의 직장이라고 하는지 알겠다."

"저번에 지원했다가 떨어졌는데, 다음 채용 공고가 나면 다시 도전할 거야."

"우리 집 옆에 천림이 창업했을 때 최초로 취직한 행운아가 있었어. 그 집 돈 잔뜩 벌어서 이사 갔잖아."

"이야! 부럽다."

일용 잡부들은 간식을 먹으면서 스카이 포레스트에 취직될 수 있기를 간절히 소망했다.

비록 단기간으로 일하는 거지만 스카이 포레스트의 복지 정책을 생생히 느꼈다.

"일용 잡부들까지 신경을 써 주는 차준후 사장이 정말 대단한 사람이야."

"정말 고운 마음씨를 가졌지. 기부하는 것만 봐도 알 수 있잖아. 우리 아들은 국민학교에 갈 때마다 매일 우유를 먹어. 영양가 많은 우유를 먹어서인지 키가 부쩍 자랐다고."

"내 딸도 많이 자랐어."

일용 잡부들의 국민학교에 다니는 상당수 자식들이 무상으로 우유를 먹고 있었다. 간접적으로나 스카이 포레스트의 복지 혜택을 받고 있는 것이었다.

"감사할 따름이지. 돈 내고 사 먹을 처지는 안 되니까."

일용 잡부들이 차준후에게 진심으로 고마워했다.

받아먹은 것이 있기에 꾀부리지 않고 구슬땀을 흘리

며 일했다.

"자! 이제 쉴 만큼 쉬었으니 일하자고."

"그러자."

일용 잡부들이 엉덩이를 털고 일어났다.

"조금 더 쉬셔야 합니다. 작업 재개 시간이 되면 알려 드릴게요."

경철원이 작업자들에게 더 많은 휴식을 지시했다.

"많이 쉬었소. 교대로 근무해서 힘이 남아돌기도 하고."

"맞습니다. 트럭들이 줄지어 대기하고 있는데, 일해야지요."

일용 잡부들이 소매를 걷어붙이고 다시금 드럼통들을 굴리기 시작했다.

"쉬라고 하는데 자발적으로 일하는 건 처음 겪어 보네."

경철원이 혀를 내둘렀다.

이렇게 분위기 좋은 현장은 처음이었다.

전에 근무하던 창고에서는 막 나가는 일꾼들에게 악다구니를 써야만 하는 경우가 적지 않았다. 험한 일을 하는 드센 성격의 잡부들이었고, 사건사고가 많기에 오가는 말투가 험했다.

스카이 포레스트 창고는 일용 잡부와 창고관리자 사이

가 화기애애했다.

그때였다.

창고 입구 쪽이 약간 소란스러워졌다.

"무슨 일이……."

고개를 돌린 경철원의 눈이 커졌다.

취직할 때 딱 한 번 봤던 차준후가 기술고문인 신판정과 함께 창고 안으로 들어오고 있었다.

"대표님, 오셨습니까?"

황급히 달려간 경철원이 차준후에게 허리를 접고 인사했다. 일용 잡부들도 힐끔힐끔 고개를 돌려 차준후를 살피고 있었다.

"잠깐 살펴보러 왔습니다. 번거롭게 해 드린 건 아니죠?"

"그럴 리가 있겠습니까. 잘 오셨습니다."

"원래 지금은 휴식 시간이 아닙니까?"

차준후가 물었다.

예정된 휴식 시간에 잠시 창고를 살피러 왔는데, 인부들이 땀을 뻘뻘 흘리며 일하고 있었다.

어떻게 된 것인가?

많은 물량을 빠르게 처리하기 위해 관리자가 무리하게 일을 강요한 건 아닌가 하는 우려가 생겼다.

"휴식 시간이었는데, 푹 쉬었다면서 작업자들이 자발

적으로 일하고 있습니다."

경철원이 자초지종을 설명했다.

졸지에 나쁜 관리자로 몰렸기에 원망스런 눈초리로 작업자들을 바라보았다.

"저희들이 먼저 일하겠다고 나섰습니다."

"맞습니다. 창고장은 쉬라고 분명하게 말렸습니다."

일용 잡부들이 오해를 풀어 주려고 나섰다.

"그래요? 그래도 다음부터는 휴식 시간을 꼭 지켜 주세요."

차준후가 만족스러운 미소를 지었다.

"따르겠습니다."

경철원이 속으로 안도의 한숨을 크게 내쉬었다.

"불편한 점이 있습니까?"

"하나도 없습니다. 신경을 써 주시고 있어서 직원들 모두 만족하고 있습니다."

"그렇군요."

그의 앞에서 불편함을 도통 이야기하지 않는 직원들이었다. 여러모로 신경을 쓰고 있었지만 부족한 부분이 차준후에게는 보였다.

"흙먼지가 창고 안으로 많이 들어오네요?"

"문을 열어 놓고 있어서 그렇습니다. 창문과 문을 막으면, 흙먼지는 들어오지 않습니다. 그리고 작업 후에 깨끗하게 청소를 해 놓겠습니다."

창고 앞 공터에 포장을 제대로 하지 않아 차량이 오갈 때마다 흙먼지가 자욱하게 피어났다. 이는 사람들의 건강 측면에서도 좋지 않았다.

"청결 상태가 좋지 않으면 직원들 건강과 원료 상태 등에 좋지 않습니다. 아스콘 포장을 해서 깔끔하게 단장 해야겠네요."

차준후는 창고 앞 공터를 주차장으로 바꿔 버릴 계획을 즉석에서 세웠다. 부족한 부분이 보일 때마다 개선해 나갔다.

공장을 확대하면서 생기는 건물과 대지 위에는 신경 써야 할 부분이 많았다.

"아스콘으로 하려면 많은 비용이 들어갑니다. 아스콘 대신 자갈만 뿌려 놓아도 흙먼지를 막을 수 있습니다."

"할 때 제대로 해 놓아야 편합니다. 아스콘으로 포장해야 창고가 청결 상태를 유지할 수 있으니, 비용을 아낄 때가 아닙니다."

차준후는 공터를 깔끔하게 단장해서 넓은 주차장으로 만들 생각을 굽히지 않았다.

돈은 문제가 아니었다.

이번 기회에 바람이 불 때마다 흙먼지가 피어나는 공터에 아스콘이나 자갈을 깔아 놓을 생각이었다.

"신경 써 주셔서 감사합니다."

경철원은 상당한 비용을 소모해 가면서 직원들의 건강까지 신경 쓰는 모습에 감탄했다.

아스콘으로 비어 있는 넓은 공터를 메우려면 대체 얼마나 많은 비용이 들어갈지 상상이 되지 않았다.

"인부들이 일을 아주 열심히 하네요?"

"천천히 하라고 말하는데, 도통 듣지를 않습니다. 대표님의 높은 인망과 배려를 갚겠다며 인부들이 저렇게 열심히 일하고 있습니다."

"인망과 배려라고요?"

"인부들의 아이들이 국민학교에 많이 다니고 있는데, 학교에서 매일 우유를 먹고 있다고 합니다. 감사한 마음을 담아서 열심히 일하는 겁니다."

일용 잡부들이 보답할 수 있는 길이 이런 것밖에 없었다.

'처리가 어려워서 국민학교에 떠넘긴 건데…….'

물론 좋은 마음으로 기부를 왕창 한 측면이 강하기는 했다. 우유를 기부했더니 인부들이 땀을 뻘뻘 흘리며 일하고 있었다.

이런 사연을 알게 되면 순박한 인부들이 경악할 수도 있겠지?

이럴 때는 조용히 입을 다물고 있는 게 최선이었다.

안전장치 〈31〉

"너무 열심히 일하지 않도록 가서 관리하세요."

"하하하! 알겠습니다. 대표님."

경철원이 웃으며 달려갔다.

창고 안에는 일본에서 수입한 화학원료와 천연재료들이 차곡차곡 쌓이고 있었다.

삼 개월 동안 사용할 수 있는 물자를 모두 쌓으면 창고가 꽉 찰 것이었다.

"사람의 마음을 움직일 줄 아시다니, 대표님은 역시 대단하십니다."

둘만 남게 되자 물끄러미 지켜보고 있던 신판정이 입을 열었다.

"소가 뒷걸음질하다가 쥐 잡은 격이지요."

"하하하! 겸손하신 것은 여전하네요."

주변에서 차준후는 대체 어떻게 보이는 걸까?

일 년이 채 안 된 시간 동안 보여 준 차준후의 행보는 놀랍기 그지없다.

화장품 불모지나 다름없는 대한민국에서 스카이 포레스트를 세계적으로 유명하게 만들었고, 사업적인 면보다 사람들을 알뜰히 챙기는 더욱 엄청난 일을 해냈다.

신판정이 알기로 성공한 사업가들 가운데 차준후처럼 베푸는 사람은 단 한 명도 없었다.

'존경할 수밖에 없는 사람이야.'

차준후를 따뜻하면서 존경 어린 눈초리로 바라보았다. 따뜻한 마음을 가진 독보적인 천재와 인연을 맺었다는 사실에 감사했다.

너무 거북스러운 눈길에 차준후는 신판정을 창고로 부른 이유를 꺼냈다.

"액체를 보관하는 탱크에 펌프와 파이프라인을 설치해서 제조 공장까지 바로 보내려고 합니다. 가능하겠습니까?"

차준후는 일일이 사람의 손으로 액체를 담아 운반하는 것이 아닌 액상으로 된 원료를 탱크에서 제조 공장으로 곧바로 보낼 수 있는 시스템을 구축하길 원했다.

시스템이 구축되면 유량기를 조절하는 것만으로 제조 공장에서 편안하게 원료를 배합할 수도 있었다.

수출 규제

 이송 라인 설치와 시스템 구축은 공정 간소화와 집중, 통제로 대량 생산의 효과를 극대화하는 작업의 일환이었다.
 처음에는 비용이 많이 들어가지만, 종국에 제작 단가를 낮출 수 있어 다른 기업과의 경쟁에서 더 유리한 위치에 설 수 있게 된다.
 "그리 어렵지는 않습니다. 펌프와 파이프라인을 새로 설치하여 유량기로 조절하는 법을 미국에 있는 공장에서 배웠으니까요. 숙련된 배관공과 전문적인 기술을 가진 인력만 붙여 주시면 곧바로 작업에 착수하겠습니다."
 신판정이 흥분한 감정을 숨기지 않았다.
 탱크, 증류기, 용광로, 보일러, 파이프라인 등이 설치되어 있던 미국 공장에서 보고 배웠던 기술을 사용할 수 있는 절호의 기회였다.

직접 현장에서 실현해 봐야 기술을 제대로 체득했다고 말할 수 있었다.

"원하는 건 모두 들어드릴 테니, 바로 설치해 주세요. 설치가 끝나면 사람의 손으로 옮기지 않고 관리와 통제를 통해서 원료를 이송할 수 있겠네요."

남다른 감회를 느끼는 차준후였다.

아직 가야 할 길이 멀었지만, 조금이나마 더 21세기의 공정에 다가설 수 있었기 때문이었다.

그는 오로지 작업 환경 하나만을 생각하고 그것과 관련된 부분에 많은 신경을 기울였다.

"최선을 다하겠습니다."

시공업자에게 있어 원하는 대로 할 수 있게 허락해 주는 차준후는 천사나 마찬가지였다.

제대로 알지도 못하면서 자재와 시공 방법, 시공 비용 등 갖가지 이유를 들며 간섭해 오는 의뢰주들을 만나면 미쳐 버릴 수도 있었다.

"기술고문님이 있어서 정말 감사한 마음입니다."

차준후는 부탁을 하면 없던 설비까지 만들어서 설치해 주는 신판정이 너무 존경스러우면서 고마웠다.

자신처럼 미래 지식으로 도배된 가짜 천재가 아니라 신

판정의 천재적인 재능과 실력은 진짜였다.

"제가 더 감사하죠. 새로운 기술을 배울 수 있는 기회를 가진다는 게 기술자에게 얼마나 소중한지 대표님은 모를 겁니다."

신판정은 돈을 받지 않고도 스카이 포레스트의 일을 할 수 있었다.

신기술을 배울 수 있는 절호의 기회였다.

기술을 전수한다면서 밥만 먹이는 공장들도 적지 않았다. 무보수로 일하면서 노동력을 착취당하는 노동자들이 많은 시기였다.

취업하기 힘든 시절이지만 좋은 기술을 배울 수만 있다면 자신의 몫을 해낼 수 있었다.

기술 자체가 재산이나 마찬가지였기에 기술자들은 새로 들어오는 신입들에게 함부로 지식을 전수하지 않았다.

도제 문화가 엄격한 시대였는데, 차준후는 아무런 조건 없이 배움의 기회를 제공하고 있었다.

신판정이 차준후에게 감사할 수밖에 없는 이유였다.

"서로 감사하고 고마워하는 걸로 하죠."

칭찬이 끝도 없이 반복될 분위기를 알아차린 차준후가 서둘러 마무리했다.

오늘도 서로를 추켜세우면서 화기애애한 두 사람이었다.

* * *

　일본 정부가 대한민국에 대한 수출 무역 관리령 개정안을 조용하게 추진했다. 시행세칙을 비롯하여 새롭게 조정해야 하는 부분이 있었기에 다소 시간이 걸렸다.
　이 개정안으로 인해 일부 기업에 손해를 끼칠 수 있다는 우려가 제기됐지만, 시세삼도의 급박한 상황을 해결하는 게 우선이라고 판단해서 밀어붙였다.
　일본 정부는 개정안 공포 내용을 관보에 게재했으며, 주무부처인 경제산업성이 즉각적으로 개정안에 관련된 지침을 실행했다.

　[글리세린. 히알루론산, 에탄올 등 대한민국에 수출시 개별 승낙을 받아야 한다.]

　대한민국으로 수출되는 기초 재료들을 경제산업성의 승낙을 매번 받아야 한다는 것이 개정안의 주된 내용이었다.
　포괄 허가에서 개별 허가 대상으로 전환된 개정안은 기초 화학 재료를 통제하겠다는 지침이었다.
　개정안의 하부지침인 시행령 안에는 앞에서 밝힌 세 가지 외에도 다양한 원료들을 거론하고 있었다.

기초 재료들은 하나같이 화장품을 만드는 데 필수적으로 들어가는 원료들이었다.

 노골적으로 스카이 포레스트를 겨냥한 일본 정부의 노림수였다.

 피해를 보고 있는 자국 기업 시세삼도를 보호하겠다는 뜻이기도 했다.

 - 화장품 원료 수입이 차단당했다. 기존에는 신고만 하고 수입할 수 있었는데, 이제 경제산업성의 허가를 받아야만 한다. 그런데 이 허가가 언제 떨어질 줄 모른다는 것이 문제다. 갑작스러운 개정령에 기존 거래처인 무역상사에서도 불만을 품고 있다.

 - 답답한 상황이 벌어졌다. 일본에서 원료를 수입하지 않으면 공장이 돌아가지 않는다고 경제산업성에 찾아가서 사정했는데도 불구하고 기다리라는 말만 받았다.

 국내 화장품 기업들이 종전처럼 일본산 화학 원료를 수입하려고 하다가 거부당하는 초유의 사태가 벌어졌다.

 스카이 포레스트를 겨냥한 개정안 때문에 한국의 다른 업체들까지 피해를 입게 됐다.

 한국 기업들에게 수출 허가를 내주지 않는 경제산업성은 새로운 개정안이 생산 부족으로 인한 한시적인 조치라는 변명을 내세웠다.

 일본 정부의 새로운 개정안 소식이 한국에 빠르게 전해

졌다.

 그리고 이 사실은 다시금 신문사와 잡지 등을 비롯한 언론매체에 대서특필됐다.

「일본 정부, 스카이 포레스트를 겨냥하다!」
「일본에 9할 이상 수입을 의존하고 있는 원재료가 막혀 버렸다.」
「잘나가던 스카이 포레스트의 위기?」
「일본이 몽니를 부리고 있다.」

 기존에 잘 수출하고 있던 원료를 갑자기 막아 버리면서 내세운 일본 정부의 변명은 너무나도 옹색했다.
 개정안에 담긴 검은 속뜻을 한국인들은 알 수 있었다.
 오늘따라 신문 가판대 주변이 무척이나 번잡스러웠다.
 "천벌을 받을 놈들이다."
 "내가 이럴 줄 알았다. 이런 천인공노할 짓을 저지를 줄 알았어."
 "이제 어떻게 하냐? 이러면 천림에서 화장품을 만들 수 없게 되는 거잖아."
 "하아! 스카이 포레스트의 좋은 날은 다 끝난 것인가? 이러면 안 되는데……."
 사람들은 잘나가는 스카이 포레스트의 앞날에 먹구름

이 잔뜩 끼었다고 생각했다.

스카이 포레스트는 독보적으로 잘나가고 있었지만 국내 산업 기반이 따라 주지 못했다. 취약한 산업 기반 때문에 스카이 포레스트가 고꾸라질 위기였다.

"그렇지 않아도 경제가 힘든데 일본 놈들 때문에 어려움이 가중됐어."

"잘나가는 하늘숲이 무너지면 큰일이야."

"스카이 포레스트라면 절대 지지 않을 거야."

"그렇겠지?"

"천재 차준후를 믿어 보자고."

「화장품 핵심 원료에 대한 수출 규제」

「일본의 시커먼 속셈이 보인다.」

「스카이 포레스트를 겨냥한 조치를 규탄한다.」

「강력한 항의를 하겠다는 정부. 효과가 있을지는 의문이다.」

일본의 수출 법령 개정안을 두고 연일 한국이 들썩거렸다.

가뜩이나 국내 경제가 좋지 않은데 상황이 더 나빠지지 않을까 우려하는 시각이 많았다.

대한민국 경제에서 잘나가고 있는 스카이 포레스트가

차지하고 있는 비중이 상당했다.

* * *

한국으로 수출하는 원료의 기초재료들이 일본 정부의 통제에 들어갔다.

일본에서 상당한 양을 수입하고 있는 한국 입장에서는 아주 심각한 일이었다.

이로 인해 한국 정부와 기업들이 뒤집어졌다.

- 갑작스런 수출 물량을 조절하는 이유가 무엇이냐?
- 재료가 없으면 공장을 돌릴 수가 없다.
- 이러면 한국 화장품 공장들이 모두 파산하게 된다. 원료 수출을 허락해 달라.

일본 정부의 수출 통제 여파가 불러일으킨 한국 화장품 업계 상황은 실로 엄청났다. 공장들이 원료가 없어서 기계를 돌리지 못하는 상황이 벌어지고 말았다.

그러나 시끄러운 국내 분위기와 달리 스카이 포레스트는 태평스러웠다. 진작 3개월 분량의 원료를 창고에 가득 쌓아 놓았기 때문이었다.

"미리 준비하지 않았다면 날벼락을 맞을 수도 있었네요. 대표님의 선견지명이 이번에도 크게 빛을 발했습니다."

문상진은 안도의 한숨을 크게 내쉬었다.

무방비 상태에서 당했다면 아무 대책 없이 하늘만 바라봐야 할 수도 있었다.

공장이 멈춰 버리는 끔찍한 사태가 발생했다면?

수출 계약 위반으로 엄청난 위약금을 물어야만 할 수도 있었다.

"이럴 수도 있다고 생각했는데 진짜로 벌어질 줄은 저도 확신하지 못했습니다."

차준후도 반신반의한 상태에서 원료를 대량으로 수입했다.

"대표님께서 일본의 스트레이트를 무빙으로 가볍게 피한 것이죠."

잘 때리기 위해 요즘 퇴근 후에 용산 미군부대를 방문해서 권투를 배우고 있는 실비아 디온이었다.

미군 장성의 딸인 그녀에게 개인 코치까지 따로 붙어서 열성적인 가르침을 전수하고 있다는 소문이 떠돌았다.

그녀는 때리고 피하는 일에 진심이었다.

"일본의 스트레이트를 피하지 못한 국내 업체들이 적지 않지요?"

날벼락 같은 개정안으로 인해 속수무책으로 애간장이 타들어 가는 국내 업체들이 많았다. 화장품 기업들뿐만 아니라 다른 기업들도 피해를 입어야만 했다.

"그렇습니다. 공장을 굴릴 수 없어 피눈물 난다는 사업가들도 있습니다."

생산 중단으로 인한 손해는 사업가에게만 국한되지 않고, 공장에서 일하는 작업자들에게까지 영향을 끼친다.

"해당 공장에 다니는 직원들은 어떻게 될까요?"

스카이 포레스트를 노린 일본 정부의 개정안에 다른 기업과 작업자, 그들의 가정이 위협받았다.

"실업자가 될 가능성이 높다고 판단됩니다. 공장을 돌리지 못하면 사장들은 가장 먼저 직원들을 해고하는 편이니까요."

"공장이 문을 닫으면 실업자들이 대량으로 만들어지고, 졸지에 수입이 끊긴 가정은 최악의 경우 길바닥에 나앉을 수도 있겠군요."

"안 됐지만 그럴 수도 있습니다."

"홍콩과 싱가포르에서 원료를 수입하는 이야기는 어떻게 진행되고 있습니까?"

수출 무역 관리령 개정안은 스카이 포레스트에게 위기가 아닌 기회로 작용할 가능성이 높았다.

수입처 다변화와 함께 국내 산업 육성의 필요성을 국내 사업가들이 모두 느꼈을 것이기 때문이었다.

일본 제품에만 전적으로 의존한다는 건 엄청나게 위험한 일이었다.

"홍콩과 싱가포르 무역업체들이 큰 관심을 가지고 있

고, 대표님이 말씀하신 것처럼 가장 빨리 거래할 수 있는 홍콩의 대원 무역업체에서 원료를 도입하기로 했습니다. 싱가포르의 브룩스 무역상사와도 거래하기로 이야기를 마쳤습니다."

문상진은 홍콩과 싱가포르 무역업체들과 수입 다변화를 마쳐 놓았다.

"홍콩 원료들은 언제쯤 국내로 들어옵니까?"

"지금 선적할 상선을 알아보고 있는데, 덴마크의 머크스 선박회사가 전폭적으로 도움을 주겠다는 의향을 전해 왔습니다."

머크스 선박회사는 덴마크의 대기업이자 세계에서 세 손가락 안에 들어가는 컨테이너선 운용 회사였다.

세계 해운시장을 지배하는 글로벌 선사였다.

이런 머크스 선박회사가 스카이 포레스트의 원료 수입에 관심을 가지는 건, 덴마크 정부의 입김이 빼놓을 수 없었다. 그리고 그 이면에는 늘어나고 있는 스카이 포레스트의 수출입 물량도 한몫하고 있었다.

"머크스 해운사 선박을 이용하면 시간이 얼마나 소요됩니까?"

"홍콩과 국내에서 허가받고 처리해야 하는 과정들이 있는데, 대략 한 달 전후로 예상됩니다. 늦어도 40일은 넘지 않을 겁니다."

수출 규제 〈47〉

"미국 쪽은 어떻습니까?"

"기존에 미국 법인과 거래하고 있던 기업들에서 원료를 가져오면 되니까, 빠른 수출이 가능해요. 미국 상선은 정확히 37일 후에 인천항으로 도착할 수 있어요."

실비아 디온은 미국 업체와의 거래 계획을 이미 완벽하게 세워 놓고 있었다.

스카이 포레스트 미국 법인은 점점 더 사세를 확장시키고 있었고, 거래하는 업체들은 대량 주문에 함박웃음을 터트렸다.

스카이 포레스트는 미국의 거래 업체들이 신경을 기울여야만 하는 최우선 기업으로 발돋움하고 있었다.

"그럼 한 달 이상의 여유분이 창고에 있다는 거군요."

90일의 원료를 창고에 채우고 있는 스카이 포레스트였고, 37일 이후부터 새로운 원료의 공급이 가능했다.

"맞습니다."

문상진이 고개를 끄덕거렸다.

왜 이런 이야기를 꺼냈는지 대략 짐작했다.

그렇지 않아도 주변 사람들의 부족함과 아픔에 많이 신경 쓰는 차준후였다.

일본 정부의 한국 수출 개정안은 스카이 포레스트로 인해 촉발된 사태라고 봐야 정확했다.

"일단 한 달분의 원료를 이번 사태로 인해 손실을 입은 기업들에게 공급합시다."

차준후가 곤경에 처한 기업들에게 도움의 손길을 내밀었다.

"원료를 공급해 주면 기업들의 어려움은 단번에 해결될 겁니다."

이번에 공급할 한 달 분량의 원료는 국내 기업들이 한 달 이상 공장을 돌리기에 충분했다.

스카이 포레스트가 대한민국에서 독보적으로 잘나간다는 걸 여실히 보여 주는 물량이었다.

일본이 야기한 문제를 아주 간단하게 해결하는 차준후였다.

"함정을 가볍게 개박살 내 버린 거죠."

"개박살이라니요? 말 좀 곱게 사용하라고 부탁했잖아요, 비서실장님."

문상진은 싸우지 못해서 안달인 비서실장을 이해하지 못했다.

과격한 어투를 사용하는 것을 자제하지 못하는 예쁜 실비아 디온을 볼 때마다 이질적인 느낌이 들었다.

"아직 한국어가 어색하다고요."

"한국인보다 잘 사용하시잖아요?"

"아닙시다. 어색합파다."

"일부러 틀린 말 사용하지 마세요."

"아임 쏘리. 한국어, 어려워서 아직 많이 어색해요."

영어와 한국어를 번갈아 가며 사용하는 실비아 디온은 천연덕스럽기까지 했다.

스카이 포레스트의 임원 회의는 무척이나 평온하면서 한편으로는 시끄러웠다.

* * *

명다일은 아버지가 공산당에 끌려가서 총살당하고, 집안은 전쟁으로 풍비박산이 나고 말았다.

어릴 때 굶어 죽어야 할 정도로 어려운 상황을 겪어야만 했던 명다일이었다.

그는 국민학교를 채 졸업하지 못하고 돈을 벌어 생계를 유지해야만 했다.

찢어지게 가난했기 때문에 철이 들면서부터 부자가 되고 싶은 강렬한 욕망을 가졌다.

구두닦이, 신문팔이, 광부, 가내수공업 화장품 공장 잡부 등 닥치는 대로 일을 해서 종잣돈을 모았다.

푼돈만 주는 회사를 다녀서는 큰돈을 벌 수 없다는 걸 알았기에 사업할 수 있는 기회만을 노렸다.

해방 뒤 화장품 업계의 호황기를 본 그는 1958년에 명일사라는 작은 공장을 열었다.

동백기름을 비롯한 머릿기름과 미안수, 크림 등 화장품을 제조 판매했다.
　국산 화장품 이외에는 아직 수입품이 정식으로 들어오지 않았던 상황이었기에 장사는 그리 나쁘지 않았다.
　없어서 못 판다는 말이 나오는 시기였기에 품질이 좋지 않았지만 그래도 상당한 이익을 올릴 수 있었다.
　직원이 한두 명씩 늘어났고, 불이 들어오는 번듯한 간판을 세울 정도로 공장은 점점 더 커졌다.
　"원료를 수입하지 못했다고요?"
　날벼락과 같은 이야기에 명다일의 얼굴이 창백해졌다.
　그동안 명다일은 화장품 제조에 필요한 원료와 자재를 일본 무역상사를 통해 거래했다. 국내 시장에서보다 저렴한 가격이었기에 직접 구입하고 있었다.
　그러나 이제 이득을 안겨 주던 일이 부메랑이 되어서 돌아왔다.
　"이제는 일본에서 화장품 원료를 구하는 것이 어렵게 됐다. 할 수 있는 데까지 힘써 보았지만 도저히 방법을 찾을 수가 없더라. 어쩔 수 없이 어제 나도 한국으로 돌아왔다."
　명제훈은 명다일의 사촌형으로 일본과의 거래를 주로 담당했다.
　"언제 수입을 허가해 준다고 합니까?"

"등천 무역상사와 경제산업성 공무원들에게 하소연을 했지만, 기다려 달라는 말만 되풀이하더구나."

"이러면 국내에서라도 원료를 확보해야 합니다."

화장품을 납품하겠다며 약속하고 받은 계약금을 이번에 새로운 장비를 구입하는 데 사용했다.

스카이 포레스트의 등장 이후 화장품 시장은 더욱 큰 호황기에 접어들었다.

그렇기에 있는 돈을 탈탈 긁어모아서 좋은 장비들을 구입했는데, 그것이 명일사의 발목을 잡아 버렸다.

큰돈을 벌게 해 줄 거라 믿었던 장비들을 사용할 기회조차 얻지 못하게 됐다.

"돌아오자마자 남대문을 방문해서 알아봤는데, 가격이 많이 올랐다."

물자가 부족하고 귀하던 시절이라 원자재는 가격 변동이 심했다.

일본에서 수출을 규제한다는 소식이 돌자마자 화장품 원자재 가격이 치솟았다.

"납품을 하겠다고 약속했기에 손해를 보고서라도 구입해야 해요."

"지금 우리만 큰일이겠니? 비용을 더 지불한다고 해서 구할 수 있을지 장담할 수 없구나."

"……하아! 큰일이네요."

명다일이 땅이 꺼져라 한숨을 내쉬었다.

사업을 하면서 적지 않은 위기 상황을 경험했지만 열심히 노력해서 이겨 왔다. 그런데 지금은 위기를 벗어날 방도조차 보이지 않았다.

성공하겠다고 주변에 큰소리를 쳤는데 갑작스런 수출 규제로 망할 판이었다. 넘어질 때마다 다시 일어서고는 했지만 빚도 많았기에 이번에는 어려워 보였다.

사촌들을 비롯하여 주변 지인들에게 돈을 빌려 가며 사업하고 있었기에 크게 손해 볼 사람들이 많았다.

"동대문과 남대문을 돌아다니면서 원료를 구입할 수 있는지 알아볼게."

명제훈이 의자에 붙였던 엉덩이를 떼고 일어났다.

그때였다.

따르르릉! 따르르릉!

전화기가 울렸다.

"명일사입니다."

- 안녕하세요. 스카이 포레스트의 차준후라고 합니다.

"네? 어디라고요?"

스카이 포레스트에서 명일사에 전화할 일이 없었기에 명다일은 자신이 잘못 들었다고 생각했다.

- 스카이 포레스트의 차준후 대표입니다. 잘 안 들리시나요?

통화 품질이 좋지 않을 경우가 종종 발생했다.

"아닙니다. 잘 들립니다. 스카이 포레스트에서 어쩐 일로 전화를 주셨습니까?"

그는 이제야 진짜 스카이 포레스트에서 전화가 왔다는 사실을 실감했다.

- 이번 일본의 수출 규제로 어려움을 겪고 있다고 들었습니다.

전화기에서 들려오는 이야기에 밖으로 나가려던 명제훈이 녕다일에게 바짝 다가섰다. 귀를 쫑긋거리면서 통화내용을 자세하게 들으려고 했다.

"맞습니다."

명다일이 붙은 명제훈을 살짝 밀어냈다.

- 스카이 포레스트에서 원료를 공급해 드리겠습니다.

"네?"

생각지도 못한 이야기에 명다일이 다시 멍하게 응답하고 말았다.

- 화장품 제조에 부족한 원료를 원가에 스카이 포레스트에서 공급해 드리겠다고 말했습니다.

"……왜 이런 일을 하는 겁니까?"

좋은 원재료 확보가 화장품 제조에 가장 중요한 일이었다. 화장품 원자재를 가지고 있다는 자체만으로도 많은 이득을 보는 것이 가능했다.

원자재 투기라는 말이 괜히 있는 것이 아니었다.

- 어렵고 힘든 시기입니다. 돕고 살아야지요.

당연하다는 듯 말하는 차준후의 이야기에 명다일은 울컥했다.

각박한 시기였다.

같은 업종의 경쟁자에게 아무런 조건 없이 그저 베풀겠다는 사업가를 보기 힘들었다.

"감사합니다. 정말 감사합니다."

죽다가 살아난 기분이었다.

정말 바다처럼 넓은 마음을 가진 차준후에게 감탄할 수밖에 없었다.

- 아닙니다. 회사로 와서 필요한 원료를 가지고 가세요.

"찾아뵙고 정식으로 인사드리겠습니다."

명다일이 용산에 있는 차준후가 바로 앞에 있는 것처럼 고개를 숙였다.

통화를 마치고 전화기를 내려놓았다.

"이야! 하늘이 무너져도 솟아날 길이 있다더니."

"말은 똑바로 해야죠. 하늘이 아니라 차준후 대표님이 길을 열어 주신 겁니다."

"가지고만 있어도 돈이 될 텐데. 그걸 원가에 주겠다니 정말 대단한 사람이다."

수출 규제 〈55〉

"존경스런 마음에 고개가 절로 숙여지더라고요."
"당장 달려가자."
"인사를 드리러 가야죠."
"맨손으로 가기는 그러니까 뭐라도 사 가지고 가자. 먹는 걸 좋아한다고 들었어."
"엄씨 할머니 방앗간에서 바람떡을 사 가면 좋아하실까요?"
"인근에서 유명한 떡집이니 좋아하실 거야."
두 사람이 부리나케 사무실을 나섰다.
"택시!"
"어디로 모실까요?"
"용산 후암동 스카이 포레스트로 가 주세요."
"바로 달려가겠습니다."
떡집에서 떡을 잔뜩 구매한 그들이 용산 후암동으로 향했다.

* * *

스카이 포레스트 사장실 책상 위에는 바람떡, 빵, 과자, 음료수 등 먹을거리가 잔뜩 쌓여 있었다.
원료를 받기 위해 방문하는 사람들마다 두 손을 무겁게 하고서 찾아왔기 때문이었다.

"공장이 망할 수도 있었는데, 살려 주셔서 감사합니다. 이 은혜는 절대로 잊지 않겠습니다."

"망하려다가 한 줄기 빛을 만나서 살아난 기분입니다. 정말 감사합니다."

명다일과 명제훈이 차준후에게 고개를 깊이 숙였다.

"명일사를 도울 수 있어서 기쁩니다. 앞으로 좋은 화장품을 만들어 주세요."

비서실까지 따라 나온 차준후가 사람 좋게 웃으며 배웅했다.

남과 나눌 수 있다는 사실만으로 마음이 풍족해지는 기분이었다.

동종 업계 사업가들을 돕는 건 차준후에게 즐겁고 신나는 일이었다.

"이만 가 보겠습니다."

"다음에 기회가 닿으면 뵙겠습니다."

두 사람이 사장실을 나갔다.

갑작스런 수출 규제로 어려움에 처한 사업가들이 연락을 받고서 스카이 포레스트를 찾아오고 있었다.

"사장님, 정문에 화장품 원료를 구입할 수 있는지 문의하는 사업가가 찾아왔습니다."

종운지가 차준후에게 말을 건넸다.

"어디라고 하던가요?"

상공부에게 협조를 구해 국내 화장품 업체들 명단을 받았고, 모두 연락을 한 상태였다. 그런데 화장품 원료를 준다는 소문이 돌면서 도움을 받으려고 찾아오는 사람들이 생겨났다.

"오대양이라고 했습니다."

"……오대양이라고 했나요?"

차준후의 안색이 딱딱하게 굳어졌다.

1960년대로 회귀하면서 복수할 대상을 찾지 못해 오대양의 본사 부동산을 먼저 선점했다. 원래의 역사에서는 1960년에 창업을 하는 오대양이 예기치 않은 순간 갑작스럽게 차준후의 앞에 등장했다.

"사장님, 어디 불편하신가요?"

종운지가 차준후의 안색을 살피며 물었다.

항상 여유롭고 편안한 차준후였는데 오대양이라는 이름을 듣자마자 잔뜩 긴장한 모양새였다.

"아닙니다. 오대양 누구라고 하던가요?"

"서환성이라는 분입니다."

"……맞구나."

차준후가 오대양 창업주의 이름을 확인했다.

화장품의 불모지인 대한민국에서 오대양을 세계적인 회사로 키워 낸 서환성의 등장이었다.

'언젠가는 보지 않을까 했는데…… 그것이 오늘이었구나.'

차준후의 눈빛이 흔들렸다.

그의 복수 상대는 아직 태어나지도 않은 재벌 3세였지, 서환성이 아니었다.

사실 오대양에 취업한 데에는 서환성을 존경하는 마음이 컸다.

오대양의 장학 자금을 받았기 때문에 미국에 유학을 갈 수 있었다.

오대양은 장학 재단을 만들어서 가난한 고학생에게 장학금을 지급했고, 그런 장학생들 가운데 한 명이 바로 임준후였다.

"아시는 분인가요?"

"제가 알고 있기는 하죠. 정문으로 나가겠다고 전해 주세요."

차준후는 직접 정문까지 나가서 존경하는 서환성을 영접하기로 했다. 복도를 지나 계단을 거쳐 정문까지 걸어가는 동안 머릿속이 복잡했다.

'못할 짓을 하는 것일까? 복수를 위해 당연한 거잖아. 손자 교육을 제대로 못 시킨 잘못은 있다고 봐도 될까?'

복수심에 불탄 차준후로 인해 서환성의 운명이 잔뜩 꼬이고 말았다.

'아! 오대양의 창업주가 맞네.'

정문 경비소 옆에는 훤칠한 서른 중반의 서환성이 서

있었다. 자서전에서 본 양복을 입은 채 중절모를 쓰고 있는 모습 그대로였다.

"안녕하십니까. 차준후입니다."

차준후가 정중하게 인사를 먼저 올렸다.

"영등포에 오대양을 창업한 서환성입니다. 생면부지에 죄송한데, 도움의 손길을 받고자 염치 불구하고 찾아왔습니다."

서환성이 쓰고 있던 중절모를 벗으며 마주 인사했다.

문전박대당할 각오를 무릅쓰고 찾아왔는데, 대표인 차준후가 직접 정문까지 나오니 부담스럽기 이를 데 없었다.

'이런 경우는 단 한 번도 들어 보지 못했는데…… 미국 대사가 찾아와도 정문으로 마중 나오지 않는다고 들었어.'

차준후의 까칠한 태도와 자존심은 유명했다.

그렇기에 이제 막 창업하여 작은 화장품 회사를 운영하는 자신과 달리 세계적으로 유명해진 차준후를 직접 만난다는 생각은 눈곱만치도 없었다.

"사장실로 들어가서 이야기를 나누시죠."

차준후는 정중하게 서환성을 모셨다.

'이게 무슨 상황이지?'

엎드려 절해도 모자랄 판에 귀빈 대우를 받을 줄 몰랐던 서환성은 도통 영문을 몰랐다.

까칠한 차준후가 그에게는 순한 양처럼 굴고 있었다.
 차준후를 따라 사장실로 향하는 서환성은 어리둥절한 모습이었다.

제3장.

오대양

오대양

스카이 포레스트 사장실의 명물 음료인 아이스커피를 바라보고 있는 서환성이 긴 한숨을 내쉬었다.

"진짜 되는 일이 하나도 없더군요."

"어쩌다 그렇게 된 겁니까?"

차준후가 아는 서환성은 능력 있는 사람이었다.

"그동안 운이 좋지 않았습니다."

서환성이 힐끔 차준후를 바라보다가 담담하게 이야기했다.

정확하게 말하면 스카이 포레스트와 엮이는 일이 계속해서 일어났다.

'용산에 공장 부지를 찾으러 왔다가 스카이 포레스트가 있어서 포기했고, 식물성 포마드 기름을 연구하는 와중에 골든 이글이 나와서 개발을 멈춰야만 했고, 눈여겨본 대학원생과 시간 강사를 초빙하려고 했는데 모두 스카이 포레스트가 먼저 데려가 버렸지.'

그는 모든 일을 우연으로 치부할 뿐 구태여 입 밖으로 꺼내지 않았다.

괜히 말해서 자신의 불행을 차준후 탓으로 돌리는 것처럼 보일까 우려했다.

"제가 서 사장님의 운을 빼앗은 거군요."

차준후는 몰락한 서환성의 행보가 자신 때문이라는 걸 잘 알았다.

서환성이 차지했어야 할 것들을 먼저 선점했기에 오대양이 제대로 성장할 수가 없었다.

의도했던 부분이기도 했는데…….

서환성의 모습을 보니 못할 짓을 했다는 측은지심도 생겨났다.

"아닙니다. 그런 뜻으로 이야기한 것이 절대로 아닙니다."

서환성이 황급히 부정했다.

원망하는 것처럼 들릴 수도 있기에 명확하게 사연을 설명하지 않은 것인데, 차준후가 귀신처럼 알아들었다.

"원료가 필요하다고요?"

"작년 말에 영등포에 공장을 설립했습니다."

서환성은 자신의 불운을 탓하면서 마지막 승부수를 던졌다.

"그러셨군요."

"공장 설립을 하면서 해외 업체와 기술 협력을 시도했습니다."

"어디와 하시려고 했습니까?"

차준후가 코타사와 시세삼도를 떠올리며 물었다.

오대양의 가파른 성장에는 해외 업체인 두 회사와의 기술 협력을 빼놓을 수 없었다.

오대양의 코타분은 국내에서 엄청난 매출을 일으켰고, 그 매출은 오대양을 탄탄하게 만들어 줬다.

코타사와의 기술 협력에서 재미를 본 오대양은 시세삼도와 긴밀한 협조 체제를 만들었고, 다시금 비약적인 성장을 거듭했다.

그러나 이런 역사는 스카이 포레스트의 등장으로 인해 물거품이 되어 버렸다.

"시세삼도입니다."

"그렇군요."

"작년 하반기부터 일본 화장품 업체인 시세삼도와 기술 협력 이야기를 주고받았습니다. 그런데 잘 진행되고 있던 기술 협력 이야기가 갑작스럽게 멈춰 버렸습니다."

서환성은 오대양을 제2의 스카이 포레스트처럼 만들려

고 했지만, 또다시 모든 노력이 수포로 돌아가고 말았다.

해외 기업과의 기술 협력을 통해 국내 화장품 업계에 파란을 일으켰던 오대양이었다. 오대양을 국내에서 독보적으로 성장시켰던 길이 사라지고 만 것이었다.

"이유가 무엇입니까?"

"시세삼도에서 일본 정부의 수출 규제를 거론하면서 기술 협력 이야기를 잠시 멈추겠다고 통보한 겁니다."

스카이 포레스트가 일으킨 파급이 오대양에게 큰 불똥을 튀긴 것이었다.

"원료에 대한 수출 규제이잖습니까? 시설과 기술은 여전히 시세삼도로부터 들여올 수 있는 것 아닙니까?"

"저도 그렇게 생각했습니다. 지금까지 시세삼도로부터 장비를 수입했고, 생산을 할 수 있는 설비와 인력을 갖추라는 말에 직원들도 100여명을 고용했습니다. 그런데 갑작스럽게 모든 걸 멈춘다고 하니 무척이나 황당할 따름입니다."

시세삼도에서는 기술 협력 이전에 오대양에게 적정한 설비와 인력을 갖출 것을 요구했고 기술 협력이라는 명분하에 사용하던 구형 장비와 시설들을 고가에 팔아넘겼다.

기술 협력 약속을 철석같이 믿은 오대양은 울며 겨자 먹기 식으로 받아들일 수밖에 없었다.

그래 놓고는 갑작스럽게 협력을 중단하겠다고 일방적인 통보를 했다.

"해외 업체와의 기술 협력에는 항상 커다란 위험이 상존하고 있습니다."

급박한 처지를 이용해서 소위 바가지를 씌우려고 했던 부분과 교육, 기술이전, 해외 수출 등에서 언제든지 문제가 발생할 수 있었다.

오대양의 경우처럼 막대한 투자를 했는데 예기치 않게 사업이 중단되거나 취소되면 그야말로 엄청난 손실을 고스란히 떠안는 사태가 벌어진다.

"이번 일로 위험성을 뼈저리게 느꼈습니다. 그리고 시세삼도가 이번 결정을 내린 이유는 스카이 포레스트처럼 성장할 가능성이 있는 한국 기업을 자기들의 손으로 만들지 않겠다는 것이라고 생각됩니다."

서환성이 억울한 표정을 지었다.

스카이 포레스트의 비상으로 인해 잘 진행되고 있던 오대양의 기술 협력이 완전히 멈춰 버렸다.

차준후의 회귀로 인해 가장 많은 피해를 입은 기업이 바로 오대양이었다. 오대양의 중심에는 바로 서환성이 있었다.

"음! 기술 협력이 잘 진행되었다고 해도 앞으로 많은 제약을 받았을 겁니다."

"알고 있습니다만 빠른 성장을 위해 어쩔 수 없이 선택하였습니다. 그 방법도 이제는 사용할 수 없게 됐지만요."

쓴웃음을 짓고 있는 서환성이 답답한 마음을 지울 수 없는지 아이스커피를 벌컥벌컥 마셨다. 시도하는 일들마다 막혀 버리고 있었기에 많이 지친 모습이었다.

공장을 설립하고 직원들을 고용하면서 자금이 부족해서 아이들 돌반지를 팔아야만 했고, 사채까지 받은 실정이었다.

그나마 살아남을 길은 공장을 돌리는 것뿐이었다.

그런데 정작 공장 시설들을 돌릴 원료를 구할 수가 없었다. 망연자실한 채 공장이 망할 날만 기다려야 했는데, 스카이 포레스트에서 원료를 공급해 준다고 해서 무작정 달려왔다.

어두운 안색의 서환성을 바라보는 차준후가 잠시 사색에 빠졌다.

"제가 도와드리겠습니다. 스카이 포레스트와 기술 협력을 진행하시죠."

차준후가 도움의 손길을 내밀었다.

육체적으로 죽었다가 병상에서 다른 사람의 육체로 깨어났을 때는 정말 미칠 것만 같았기에 복수의 대상을 오대양으로 삼았다.

당시 복수할 대상도 없었기에 마음이 사막처럼 메말라 있었다.

그러나 지금은 차준후의 삶에 익숙해지면서 정신적으로 풍족해졌고, 은인 서환성에게 보은할 기회를 가지려 했다.

"네?"

서환성이 어리둥절할 표정을 지었다.

화장품 원료를 제공해 준다는 일만으로도 감사한데 세계최고 수준의 기술을 가진 스카이 포레스트와의 기술협력이라고?

도무지 믿기지 않는 제안이었다.

"어렵고 힘든 다른 부분이 있으면 저와 의논하시죠. 제가 해결해 드리겠습니다."

차준후는 서환성으로부터 받은 은혜를 이렇게나마 갚고 싶었다.

장학금을 받을 때 은혜를 기필코 갚겠다고 내심 맹세했었다. 그 맹세를 1960년대로 와서 실천할 줄 미처 몰랐다.

오대양에 맹목적일 정도로 충성했던 것도 서환성의 은혜 때문이었다.

"……솔직히 왜 이런 제안을 제게 하는지 이해가 가지 않습니다."

"전부터 국내 화장품 기업과 함께 성장하겠다는 생각을 가졌습니다. 때마침 오대양이 등장한 것이고요."

차준후가 나름의 이유를 꺼내 들었다.

"……그렇군요."

지나친 호의를 여전히 납득하지 못하는 모양새의 서환성이었다.

그도 그럴 것이 오대양보다 크고 잘나가는 국내 화장품 기업들이 적지 않았다. 구태여 오대양을 선택할 이유가 스카이 포레스트에게는 없었다.

"스카이 포레스트는 명품화 정책을 펴고 있습니다. 국민들을 생각해서 가격을 저렴하게 출시하고 있지만 여전히 비싼 편입니다."

"그렇지요. 고가의 화장품이라 부담이 되는 편입니다."

"서민들도 부담 없이 살 수 있는 화장품들이 필요합니다. 그러나 그런 화장품을 스카이 포레스트에서 출시할 수는 없습니다. 명품화 정책에 어긋나기 때문이지요."

최고가 고급 명품을 추구하고 있는 스카이 포레스트였다. 차준후는 연필과 지우개를 출시하더라도 일반인이 상상할 수 없는 엄청난 가격을 책정할 생각이었다.

얼핏 들으면 황당한 생각일 수 있지만 21세기 세계적인 회사가 실제로 벌인 일이었다.

사소한 물건도 고가로 팔려고 하였기에 저가의 물건을

출시한다는 건 명품화 정책에 심각하게 위배됐다.

 그렇기에 화장품을 출시할 때마다 국내 최고의 가격을 책정했는데 분명히 주머니가 빈약한 대다수 구매자들에게 큰 부담을 주는 일이었다.

 "중저가 화장품을 만들라는 이야기인가요?"

 "중저가와 고급 화장품 등 원하는 대로 만드시면 됩니다. 최고급 시장에 도전해도 괜찮고요."

 차준후는 오대양과 기술 협력을 하면서도 어떠한 제한을 두지 않겠다고 말했다.

 무조건 베풀겠다는 이야기였다.

 이런 호의는 진짜 말도 안 됐다.

 "하아! 진짜 제게 왜 이런 호의를 베푸시는 겁니까?"

 "론도 생활 화장품이라는 탈을 뒤집어쓴 시세삼도가 국내에 등장할 가능성이 높기 때문입니다."

 차준후는 적당한 변명을 꺼내 들었다.

 일본 기업의 국내 시장 진출에 맞서 먼저 일본으로 진출했다. 이른바, 마음에 들지 않는 시세삼도를 흠씬 때려 줬다.

 맞았으니 반격을 하는 건 당연지사였다.

 국교 정상화가 이뤄지지 않은 시점에서 론도 생활 화장품을 앞세운 시세삼도의 국내 진입은 사실 눈 가리고 아웅하는 격이었다.

일본 우익 세력을 열렬히 지지하는 시세삼도의 국내 진출을 차준후는 불쾌하게 생각했다.

그렇지 않아도 불쾌한 시세삼도였는데 자유 무역 체제에서 정부까지 끌어들여 더욱 밉상으로 전락했다.

"아! 시세삼도가 일본 정부를 움직이게 만든 거군요."

서환성은 갈등이 확산되는 진짜 속내를 알게 됐다.

그는 이런 종류의 분쟁에 크게 관심을 가지지 않았지만 이제는 한 발을 걸치게 됐다.

솔직히 충돌을 원하지 않았지만 스카이 포레스트가 무너지게 되면 오대양도 흔들리는 구조가 되어 버렸기에 어쩔 수 없었다.

"제가 할 수 있는 모든 노력을 기울이겠습니다."

"분쟁이 확산되길 원치 않는데, 저쪽에서 격하게 나오면 어쩔 수 없죠."

차준후는 시세삼도의 대응을 보면서 차분하게 움직일 생각이었다. 터무니없는 행동을 하면 즉각 대응할 수 있는 체제를 갖춰야 할 필요성을 느꼈다.

그 대책 가운데 하나가 바로 오대양 키우기였다.

"잘 마무리됐으면 좋겠습니다."

평화롭게 해결되기를 바라는 서환성이었다.

"그렇죠. 잘 마무리해야죠."

차준후는 이번 기회에 치사한 시세삼도를 제대로 밟으

려고 했다.

"왜 호의를 베푸시냐고 물어보셨죠? 많이 가졌으니까요. 그리고 사장님도 이번처럼 비슷한 일이 생기면 다른 이들께 베풀 거라고 믿고 있습니다."

차준후가 진짜 속내를 드러냈다.

물질적으로 풍부한 부자라고 해서 마음까지 넉넉한 사람들이 많은 건 아니었다.

따뜻한 마음씨를 가진 한국 부자들 가운데 한 명이 서환성이었고, 영혼까지 녹여 줄 정도의 따뜻함을 몸소 체험한 게 바로 차준후였다.

"그게…… 염치가 없지만 호의를 감사히 받아들이겠습니다. 대표님의 말씀처럼 앞으로 어려운 처지에 놓인 사람들을 그냥 지나치지 않겠습니다."

울컥한 서환성은 목이 멨다.

쓰러지려고 할 때 건네는 손길의 소중함을 알게 됐다.

사업적으로 어려워지면서 주변 지인들도 거리를 두려고 하고 있었는데, 생면부지의 차준후가 선뜻 도움의 손길을 내밀어 줬다.

"사장님."

"네?"

"식사는 하셨습니까?"

"식사 전입니다."

고민으로 서환성은 밥맛이 없어 아침도 건너뛴 상태였다. 그렇지만 모든 고민이 해결된 지금은 입맛이 돌았다.

"회사 근처에 맛집들이 많습니다. 시간이 되신다면 함께 식사하는 건 어떠십니까?"

"제가 청하고 싶었던 이야기입니다."

차준후와 조금 더 가까워지고 싶은 서환성이었다.

"장어 소금구이 좋아하시나요?"

뻔히 알면서도 차준후가 물었다.

작년 말에 풍천장어 식당이 근처에 자리를 잡았다.

자서전에는 서환성이 즐겨 먹는 요리에 대한 이야기도 있었고, 차준후는 그런 사실을 명확하게 기억하고 있었다.

"없어서 못 먹습니다."

장어 소금구이는 서환성이 가장 좋아하는 요리 가운데 하나이다. 입맛을 저격하는 장어 소금구이를 듣자마자 입에 침이 가득 고였다.

"맛있다고 소문 난 식당이니 실망하지 않으실 겁니다. 늦게 가면 줄을 길게 서야 하니까, 지금 가시죠."

차준후가 서환성과 함께 회사를 나서 풍천장어 식당으로 향했다.

회사에서 멀지 않은 곳에 풍천장어 식당이 자리를 잡고 있었다.

"식당 위에 대표님 얼굴이 있는데요?"

서환성이 식당 간판 위에 걸린 현수막을 보면서 놀랐다.

설마? 저 식당도 차준후가 운영하는 곳인가?

복지에 많은 신경을 기울인다고 했는데, 직원들을 위해 구내식당을 외부에 만들었다는 생각까지 들었다.

"제가 방문한 식당들이 자발적으로 현수막을 거는 겁니다."

"이유라도 있습니까?"

"……조금 이상하게 들릴 수도 있겠네요. 제 방문 인증을 받은 식당들은 맛있는 식당이라는 소문이 돌고 있습니다."

"네?"

서환성은 맛집 판독기, 맛집 감별기라는 차준후의 별명을 알지 못했다.

그런데 주변을 둘러보자 식당들 가운데 군데군데 차준후 얼굴이 그려진 현수막들을 볼 수 있었다.

현수막 걸린 식당들이 없는 식당들보다 손님들이 많았다.

"아이고! 사장님, 오셨어요?"

푸근한 몸집을 자랑하는 풍천장어 식당의 여사장이 차준후를 반겼다. 맛집 감별기의 두 번째 방문을 열렬히 환영했다.

이제 식당의 현수막을 바꿀 수 있게 됐다.

두 번째 방문을 받은 식당은 진짜 맛집이라는 영광 어린 이름을 얻을 수 있었다. 재방문을 받았다는 건 한 번만 방문한 식당들과는 격이 달라진다는 걸 의미했다.

용산 후암동의 식당들은 차준후의 재방문을 간절히 바라고 있었다.

"귀한 분과 함께 왔는데, 방 있나요?"

"가장 좋은 매화실이 비어 있어요."

"실한 장어 소금구이로 부탁합니다. 솜씨 좀 발휘해 주세요."

"최대한 솜씨를 부려 볼게요. 매화실에서 기다려 주세요."

식당의 주방이 분주하게 돌아갔다.

초벌구이 되어 나온 장어 소금구이가 매화실의 숯불화로 위에서 노릇노릇 구워졌다. 정갈한 반찬들과 함께 나온 김치전도 무척이나 맛있어 보였다.

"드시죠."

"맛있네요. 대표님 말씀처럼 맛집입니다."

서환성이 소금구이 한 점을 먹은 뒤에 이야기했다.

장어가 꽤 두껍기 때문에 씹는 맛이 무척 좋았다.

장어구이도 맛있었지만 그보다 선망의 대상인 차준후

와 함께 한다는 사실 때문에 서환성은 더욱 즐거웠다.

꿈 같은 일이었다.

그의 기쁨은 이루 말할 수 없을 정도로 컸다.

"서 사장님, 공장 시설들은 어떻게 하셨습니까?"

"평범하게 꾸렸습니다."

"미국에서 들여온 시설장비들 가운데 사용하지 않는 것들이 있습니다. 하자가 있는 물건은 아니고요. 필요하시다면 적절한 가격에 넘겨드리겠습니다."

폐업한 미국 공장들의 장비들을 뜯어내서 대량으로 한국에 보내다 보니 중복된 것들이 제법 있었다.

어차피 사용하지 않는 물건들이었기에 오대양에 지원해 주면 여러모로 좋았다.

"미국에서 들여왔다면 스카이 포레스트가 자랑하는 현대화 장비들 아닙니까? 그런 걸 넘겨주신다고요?"

높은 품질로 앞서 가는 스카이 포레스트 화장품에 대한 서환성의 경외감은 컸다.

이러한 고품질의 화장품을 만들 수 있는 중요한 요소 가운데 하나가 시설 장비라는 걸 그는 알고 있었다.

"이대로 내버려둔다고 해서 득이 될 건 없으니까요. 오대양이 받아 주면 고맙겠습니다."

서환성은 차준후의 말이 농담이라는 걸 잘 알았다.

돈을 준다고 해도 쉽게 구할 수 없는 물건이었다.

가내수공업의 한계를 벗어나지 못하고 있는 공장들에게 스카이 포레스트의 장비들은 그야말로 천상의 진귀한 보물이나 마찬가지였다.

저렴한 가격에 시설장비를 받아서 시중에 팔기만 해도 남는 장사였다.

"……."

울컥한 서환성이 잠시 말을 잇지 못했다.

기술 협력만 받아도 감지덕지인데 미국산 장비들까지 지원해 준다고 하니 정말 고마울 따름이었다.

"승낙하시면 기술자들이 나가서 설치까지 해 드리겠습니다."

"감사히 받아들이겠습니다."

"새로운 시설 장비에 익숙해지시려면 많은 걸 배우셔야만 합니다."

"열심히 공부하겠습니다. 공장에 해외의 수준 높은 시설들을 설치했으면 했는데, 대표님 덕분에 소원을 풀게 됐네요."

"오대양을 창업한 사장님이시라면 잘 해내실 겁니다."

차준후는 서환성의 열정과 노력 등을 누구보다 잘 알고 있었다.

해외의 기술과 장비들을 받아들이는 데 앞장섰던 사람이 바로 서환성이었으니까. 그랬던 부분을 이제 해외가 아닌 국내의 스카이 포레스트가 대신 담당하게 됐다.

 풍천장어 식당에서 두 사람이 서로에 대한 관계를 쌓아 나갔다.

* * *

 오대양이 스카이 포레스트로부터 지원을 받기로 했다는 소문이 퍼져 나갔다.

 오대양의 사정이 완전히 바뀌었다.

 도매상들은 오대양의 화장품에 선금을 걸어 두고, 포장재 업체와 용기 업체들도 외상으로 부자재를 준다고 먼저 제안할 정도였다.

 이런 제안들을 거절하는 것도 일이었다.

 - 안녕하시오. 박공현이외다.

 "잘 지내고 계시지요?"

 서환성은 영등포의 돈 귀신인 박공현에게 사채를 빌렸다.

 - 덕분에 편안하게 지내고 있지요. 이번에 스카이 포레스트와 협업하기로 하셨다면서요?

 "차준후 대표님께서 고마운 제안을 해 주셨습니다."

 - 빌려줬던 사채의 이자를 삼 할 낮춰 드리겠소.

 "네? 이자를 낮춰 준다고요?"

갑작스런 제안에 서환성이 놀랐다.

사채시장의 돈 귀신 박공현이 자발적으로 금리를 낮춰 준다는 건 놀라운 일이었다.

- 이제부터 오대양은 탄탄대로를 달려갈 거요. 앞으로도 많은 거래를 부탁한다는 의미로 금리를 낮추는 거지요. 필요하다면 자금을 더 빌려줄 수도 있소.

"저번에는 최대 금액을 빌려줬다고 말씀하셨잖습니까?"

서환성은 공장 부지와 건물, 시설 등을 담보로 해서 사채를 빌렸다.

- 그건 스카이 포레스트와 함께하기 전의 평가였지요. 스카이 포레스트와 협업하기로 한 오대양은 기존보다 가치가 높아졌어요.

박공현은 단순한 협업 사실 하나만으로 오대양을 높이 평가했다.

그럴 수밖에 없는 것이 스카이 포레스트의 협력 업체들은 하나같이 빠르게 성장하고 있었다.

스카이 포레스트에서 작정하고 밀어주겠다는 오대양은 하늘 높이 비상할 것이 확실했다.

성공이 확실한 오대양에게 신용으로 돈을 빌려주겠다는 소리였다.

"감사합니다. 필요한 금액을 산정해서 말씀드리겠습니다."

― 다음에는 직접 만나서 이야기를 나눕시다. 그리고 차 대표에게 안부나 전해 주시오.

서환성이 통화가 끊긴 전화기를 내려놓으며 중얼거렸다.

"차준후 대표님과 아는 사이인가?"

스카이 포레스트와 함께한다는 소문만으로 공장에 활기가 돌았다.

망할 거라고 소문이 파다하게 퍼졌던 오대양과 손절했던 친구와 지인들이 황급히 서환성을 찾아왔다가 쫓겨났다.

어려운 처지로 내몰리게 되면 진짜 친하게 지내야 할 사람들을 구분할 수 있게 된다.

서환성은 어려움 때문에 혈연과 지연, 학연 등 모든 걸 떠나서 사람을 바라보는 안목을 얻게 됐다.

속전속결을 자랑하는 스카이 포레스트는 말을 꺼낸 다음 날 곧바로 움직였다.

시설 장비를 잔뜩 실은 트럭들이 영등포 오대양에 도착했고, 설치를 위한 인력들까지 동원됐다.

"거기 하역하는데 방해하지 말고 비켜."

"힘 똑바로 쓰라고. 잘못하면 크게 다친다."

"빨리 움직여. 오늘 설치해야 하는 것들이 많아."

"너나 잘하면 된다."

스카이 포레스트 기술자들과 칠천리 오토에서 나온 전문가들이 바쁘게 움직였다.

그런 광경을 오대양 직원들과 때마침 근처에 있던 사람들이 구경하고 있었고, 소문이 돌았는지 주변에 거주하는 사람들까지 나왔다.

"이게 뭔 일이래요?"

"오대양에 스카이 포레스트 사람들이 잔뜩 찾아왔어요."

"하늘숲이 오대양과 함께한다는 소문이 있더니 정말이었네."

"이야! 그러면 이제 오대양도 부쩍 크겠다."

"맞네. 당장 오대양에 취직시켜 달라고 해야겠어."

"전에 오대양에서 직원을 뽑는다고 했을 때 지원했어야 했는데, 지금이라도 해 봐야겠다."

스카이 포레스트로부터 대대적인 지원을 받는 오대양이 빠르게 성장할 건 명확했다.

그때였다.

검은색 포드 차량이 오대양 정문을 통과해서 한쪽 공터에 주차했다. 운전석에서 양복을 걸친 훤칠한 사내가 나타났다.

직접 차를 운전하고 오대양으로 온 차준후였다.

"대표님, 오셨습니까?"

"대표님, 식사는 하셨어요?"

일하던 직원들이 차준후에게 앞다퉈 인사했다.

"좋은 아침입니다. 오늘 하루 다치는 분 없이 안전한 작업을 부탁합니다."

차준후가 기술자들에게 안전하게 작업할 것을 당부했다.

무거운 설비를 옮기고 설치해야 하기에 조금만 실수해도 다치기 일쑤였다.

"조심해 가면서 작업하겠습니다."

"대표님의 걱정 때문에라도 사건 사고가 일어나지 않을 겁니다."

기술자들이 웃으면서 이야기했다.

그들은 빠른 작업이 아닌 자신들의 안전을 신경 쓰고 있는 차준후가 너무 고마웠다.

말로만 그치는 것이 아니라 실제로 작업 환경에 신경 써 주고 있는 차준후와 같은 사장은 천연기념물처럼 만나기 힘든 존재였다.

"오셨습니까?"

서환성이 환한 얼굴로 맞이했다.

"여기가 오대양이군요."

차준후가 고개를 돌려 가며 공장 전체를 살펴봤다.

"직원들은 78명으로, 부지 780평에 건평 300평 공장

규모입니다."

3층 건물은 시멘트로 지어진 평범한 ㄷ자형 구조였다. 정문에 경비실이 있었고, 1층에는 직원들이 나와서 새롭게 바뀌고 있는 광경을 지켜보고 있었다.

대부분이 여직원들이었는데, 태반이 지방에서 올라온 사람들이었다.

실업자가 넘쳐 나고 일자리가 귀한 시절이었다.

그나마 일자리가 많은 서울로 상경하는 지방 사람들이 넘쳐 났다.

여직원들은 밤늦게까지 일하는 것도 마다하지 않았고, 잔업수당 때문에 야근에서 제외되면 울음을 터트리기도 했다.

돈 한 푼 때문에 울고 웃는 가슴 아픈 시절이었다.

"일 층은 공장과 창고, 사무실, 식당 등이 있습니다. 이 층은 직원들의 숙소로 사용하고 있고, 비어 있는 삼 층은 연구소로 활용할 계획입니다."

"저 건물은 무슨 용도입니까?"

삼 층 건물 옆으로 작고 왜소한 벽돌집 하나가 보였다.

"제가 살림집으로 사용하고 있는 곳입니다."

공장의 한쪽에는 서환성 가족이 거주하고 있는 주택이 있었다.

1960년대 당시의 공장은 관계자들이 주거를 같이하는

경우가 흔했다. 서환성도 공장에서 먹고 자면서 포장, 생산, 영업 등 모든 분야에서 직원들과 함께 일했다.

스카이 포레스트처럼 주거와 공장 운영을 따로 하는 걸 보기가 더 어려웠다.

"아! 그러시군요."

일과 삶의 경계가 확실하게 구분되지 않는 시기라는 걸 차준후가 새삼 실감했다.

"안부를 전해 달라고 하던데, 박공현 사채업자를 아십니까?"

"박 영감님이요? 알고 있습니다."

"어떻게 알고 지내시는 겁니까?"

사채를 빌릴 정도로 어려운 스카이 포레스트가 아니었기에 하는 질문이었다.

"영등포에 SF 판매점 아은상회가 있잖습니까? 그 판매점을 운영하고 있는 여인이 박 영감님의 막내딸입니다. 판매점을 선정할 때 박 영감님을 알게 됐습니다."

"아! 아은상회가 박공현 사채업자 막내딸이 운영하는 사업체로군요."

박공현의 막내딸 박아은이 운영하고 있는 아은상회는 나날이 성장하고 있었다.

화려하게 꾸며진 아은상회를 찾는 외국인들이 점차 늘어나는 추세였고, 박아은은 많은 돈을 쓸어 담았다.

아은상회는 스카이 포레스트의 정책으로 대량 구매하는 외국인들에게는 달러로 국내인들보다 비싸게 받고 있었고, 그 달러를 박공현을 통해 현금화했다.

화장품을 외국인들에게 달러로 판매하면서 많은 이득을 챙기고 있었다.

도랑 치고 가재 잡는 격이었다.

사채시장에 달러를 유통하며 달콤한 이득을 보고 있기에 박공현은 스카이 포레스트의 잠재력과 성장 가능성을 가장 잘 알고 있는 사람 가운데 한 명이었다.

"언제 한번 밥을 같이 먹자고 하시는데 좀처럼 기회가 없네요."

차준후는 박공현과 식사하고 싶은 마음이 없었다.

그와 식사를 함께하고자 하는 사람들은 지속적으로 늘어나고 있었다.

신화백화점의 서해준이 지속적으로 식사를 하자고 압박하고 있었고, 사채업자 박공현도 은근슬쩍 함께 식사를 하자고 이야기해 왔다.

많은 어른들 가운데 특히 딸 가진 부모님들이 식사 자리 가지기를 원했는데, 차준후는 불편한 자리라고 느껴졌기에 식사 자리를 마련하지 않았다.

일등 신랑감으로 급부상한 차준후를 노리고 있는 딸 가진 부모님들이 많았다.

얼마 전에는 강정영 재무부 장관이 조카딸을 소개해 준다며 이야기를 건네 오기까지 했다.

"시설 장비 운용법과 기술이전 등을 교육시켜야 하니까, 사람들을 선정해서 보내 주세요."

"정말 감사합니다."

"사장님도 오셔서 배우면 좋겠습니다."

차준후는 오대양이 빠르게 자리를 잡을 수 있도록 물심양면 확실하게 지원할 생각이었다.

"무조건 참석하겠습니다."

스카이 포레스트의 생산 현장과 기술 등에 대한 관심이 많은 서환성이 기꺼이 받아들였다. 화장품 제작에 필요한 모든 걸 배우고 싶을 정도로 열정이 넘쳤다.

세계 최고의 혁신적인 화장품을 만드는 곳이 바로 스카이 포레스트였다. 스카이 포레스트 공장에서 받는 교육은 돈을 주고도 배울 수 없는 가치 높은 것이었다.

그야말로 전화위복이었다.

시세삼도보다 뛰어난 기술력을 가졌다고 평가받는 스카이 포레스트와 기술 협력을 할 수 있다니, 서환성은 꿈만 같았다.

두 사람이 공장을 둘러보면서 도란도란 이야기를 나누고 있을 때였다.

"학교 다녀왔습니다."

밤톨처럼 까까머리를 한 소년이 다가와서 서환성에게 고개를 꾸뻑 숙였다.

"그래. 열심히 공부하고 왔니?"

"열심히 했어요. 오늘은 구구단을 배웠는데요. 구단까지 단번에 외워서 선생님께 칭찬까지 받았어요."

"제 둘째 아들입니다. 스카이 포레스트 차준후 대표님께 인사드려라."

"안녕하세요. 서운배입니다."

서운배가 양손을 배꼽에 모으고서 허리를 숙였다.

"안녕. 네가 운배로구나. 몇 학년이니?"

서운배를 바라보는 차준후의 눈동자가 흔들렸다.

"국민학교 1학년입니다."

서환성의 뒤를 이어 오대양의 회장으로 취임하는 서운배가 또랑또랑한 목소리로 이야기했다.

심농 식품회사의 차녀와 결혼하는 서운배는 후계자를 낳게 되고, 그 후계자가 바로 차준후의 복수 대상이었다.

이 까까머리 작은 소년이 언제 결혼해서 자식들을 낳으려나?

역사가 바뀌었는데 서운배가 심농 차녀와 결혼을 할 수 있을까?

서운배의 자식들 가운데 차준후의 복수 대상인 후계자가 진짜 세상에 나오기는 할까?

차준후의 뇌리에서 한순간에 여러 가지 생각들이 봇물처럼 터져 나왔다. 너무 심각하게 생각하는 내용들도 있었지만 그만큼 복잡하다는 반증이었다.

"아저씨가 국내 최고의 천재라는 분이시죠? 아버지를 도와주셔서 정말 감사드립니다."

서운배가 차준후에게 다시 한번 공손하게 배꼽인사를 올렸다. 어린 나이였지만 집안이 어렵다는 것을 알고 있었고, 부모님이 차준후를 두고 은인이라고 한 이야기도 들었다.

"녀석! 인사도 참 잘하는구나. 이건 착한 아이에게 주는 용돈이란다."

차준후가 지갑을 꺼내서 이승민이 새겨져 있는 100환 지폐를 한 장 건넸다.

서운배가 서환성을 힐끔 바라보며 선뜻 손을 내밀지 못했다. 어른이라고 해도 큰돈을 주면 거절하는 게 예의라고 부모님에게 배웠기 때문이었다.

"좋은 어른이 주는 거니까, 받아도 된다."

서환성이 '좋은'이라는 단어를 강조하며 허락했다.

"감사합니다."

활짝 웃는 서운배가 허리를 아까보다 더욱 깊게 박았다. 동심의 아이에게도 역시나 금전이 최고의 능력을 발휘했다.

"공짜로 주는 용돈이 아니란다. 대신 여기 공터를 치워야 한다."

"먼지 하나 없이 깨끗하게 치울게요. 저 학교에서도 청소 잘한다고 칭찬받는다고요."

서운배가 100환 지폐를 받아 들면서 자랑했다.

"약속했다? 종종 확인해 볼 거란다. 약속을 지키지 않으면 용돈을 회수할 거야."

"네."

"약속을 지키는 착한 아이라면 아저씨가 계속 용돈을 주마. 어떠니?"

차준후가 용돈을 핑계로 은근슬쩍 서운배의 정신개조에 나섰다.

서환성이 대단한 사업가임에는 틀림이 없지만 20세기 한국의 평범한 남자들의 마음가짐을 가지고 있었다.

아이에게 물 한 방울 묻히지 않고 곱게만 키우려고 하는 마음가짐, 바로 그것이었다.

곱게만 자란 서운배는 철부지와 같은 면이 있었다.

"앞으로 오대양의 쓰레기는 제가 책임질게요."

서운배가 다부지게 선언했다.

100환의 거액을 받을 수 있다면 기꺼이 공장 청소를 맡을 용의가 있었다.

"앞으로 잘 지내 보자."

차준후는 어린 소년에게 올바른 가치관을 심어 주겠다고 다짐했다. 복수의 완성을 위해 심농의 차녀와 결혼하지 않게 힘을 쓸 생각이었다.

"바로 청소할게요."

서운배가 책가방을 내려놓지도 않고 빗자루를 집어 들었다.

'아이를 좋아하시네. 조만간 결혼해서 아이를 낳으면 아주 예뻐해 주시겠다.'

차준후와 서운배의 화기애애한 모습을 서환성이 웃으며 바라보고 있었다.

둘째 아들에게 관심을 기울이고 있는 차준후의 모습이 참으로 보기 좋았다.

"고집이 강한 녀석인데 빗자루를 자발적으로 들어서 청소하게 만드시다니, 대단하시네요."

흙먼지를 피워 가면서 청소하는 서운배를 보면서 서환성이 말했다.

집에서 청소라고는 하지도 않던 둘째 아들이었다.

"어릴 때부터 스스로 해결할 수 있는 마음가짐을 심어 주는 것이죠. 또랑또랑한 모습을 보니 사업가의 자질을 타고난 것처럼 보여서요."

차준후는 복수의 방법으로 어린 서운배를 계몽하는 게 최선이라고 결론지었다. 그렇지만 그걸 곧이곧대로 말할 수 없어 적당한 핑계를 내세웠다.

"대표님이 보실 때도 그렇습니까? 저도 둘째의 머리가 비상하다고 생각하고 있기는 합니다."

자식의 칭찬에 서환성이 환하게 웃었다.

"잘 키우시면 대단한 일을 해낼 것처럼 보이네요."

"하하하! 지금까지는 지켜만 보고 있었는데, 이제부터 개인과외를 시켜가면서 잘 키워 보겠습니다. 외람되지만 대표님께서도 간혹 신경을 써 주시면 고맙겠습니다."

자식 칭찬에 호탕한 웃음을 터트리는 서환성도 한 명의 아빠였다.

독보적인 천재 차준후가 인정한 서운배를 정말 신경을 써서 교육시키겠다고 속으로 생각했다.

"관심을 가지고 꾸준하게 지켜보겠습니다."

"많은 지도 편달 부탁드립니다."

방과 후에 편안하게 보내던 서운배의 앞날이 차준후의 개입으로 인해 완전히 바뀌어 버렸다.

* * *

오대양은 스카이 포레스트의 지원과 함께 빠른 속도로 내실을 갖춰 나갔다.

미국산 냉동기가 한쪽에 자리를 잡았고, 크림을 배합하

는 자동화 기계도 새롭게 설치됐다.

일본의 반자동화 생산 라인 시설들이 뜯겨지고, 자동화 시설들로 곳곳이 바뀌었다.

멈췄던 기계들이 마침내 돌아가기 시작했다.

오대양은 스카이 포레스트가 진입하지 않았던 틈새시장을 공략하기로 했다.

1960년대는 이발소와 미장원에서 각종 크림과 화장품, 미용 재료와 미용 기구 등이 많이 팔려 나가는 시기였다.

이들 업소에서 취급되는 화장품들이 사람들에게 선택을 받았다.

남자들은 직접 포마드 크림을 바르는 것보다 이발관을 방문해서 이발사들의 손길에 자신의 머리카락을 맡겼다.

이발관과 미장원 등 업소에서 입소문이 돌아야만 시장에서 본격적으로 판매됐다.

이발관과 미장원은 국내 화장품 업체들이 최우선으로 공략하는 곳이었고, 업체들의 격전장이기도 했다.

이런 격전장을 거치지 않고 소비자들을 직접 공략하고 있는 스카이 포레스트가 무척 특이한 경우였다.

오대양의 신제품은 빠른 속도로 준비됐다.

가마솥으로도 만들 수 있는 간단한 포마드와 크림을 가장 먼저 만들기로 했고, 그 과정에서 차준후가 전폭적인 지원을 해 줬다.

단순한 과정이라고 하지만 어떤 비율로 재료를 혼합하고, 불의 온도 등에 따라 화장품의 품질이 확연하게 달라진다.

화장품은 아주 섬세한 과정을 통해 만들어지는 예술적인 작품이었다. 오대양의 신제품인 코스모스 계열은 세계 최고의 화장품 장인인 차준후의 입김을 받아서 만들어졌다.

이 과정에서 누구보다 많은 공부를 한 사람은 바로 서환성이었다.

- 스카이 포레스트의 기술 협력을 받아서 만든 코스모스 크림과 코스모스 식물성 포마드입니다.

- 하늘숲과 함께 만들었다는 소리인가요?

- 하늘숲의 기술이 들어간 제품이지만 가격이 저렴합니다.

- 얼마입니까?

- 정식 가격은 팔 환인데, 제품 출시 기념 한정으로 칠 환에 드리겠습니다.

- 하늘숲 제품은 너무 고가여서 손님들이 불편해하기도 하는데, 오대양 화장품은 가격이 아주 착하군요. 몇 개 놓고 가 보세요.

- 감사합니다, 사장님.

이발관과 미장원에서 오대양 신제품인 코스모스 크림

과 코스모스 포마드가 저렴한 가격을 앞세워 대량으로 팔려 나갔다.

신제품을 앞세워 오대양은 빠르게 자리를 잡아 갔다.

- 저렴한 가격이지만 품질은 뛰어나다.
- 부드러운 가운데 윤기가 좔좔 흘러. 골든 이글에 비하면 부족하지만, 나쁘지 않아.
- 좋은 향기가 솔솔 나서 바르기만 해도 기분이 좋아.
- 가격이 착해서 좋다. 하늘숲 제품은 품질은 좋지만 너무 고가여서 사용하기 힘들었어.

코스모스 포마드는 품질 면에서 골든 이글에는 열세였지만, 가격이 저렴했기에 확실한 구매 계층을 포섭할 수 있었다.

- 코스모스 한들한들 피어 있는 길, 코스모스 화장품 최고예요.
- 코스모스는 하늘숲의 기술이 들어간 제품이다. 결국 차준후가 개발해 낸 것이나 마찬가지야.
- 죽어 가던 오대양을 살리다니, 차준후는 역시 대단한 천재이다.
- 오대양은 그저 천재의 지시를 따라서 움직인 것에 불과해. 중저가 화장품에 대한 호평은 오대양이 아니라 차준후가 받아야만 해.

차준후의 영향력과 함께 중저가 포지션을 오대양이 전

략적으로 공략했고, 훌륭하게 성과를 만들어 냈다.

스카이 포레스트의 가격에 불만을 가지고 있는 구매 계층을 단번에 사로잡았다.

오대양은 중저가 화장품을 출시하면서 스카이 포레스트와 차별화를 이루는 데 성공했다.

스카이 포레스트의 협력 업체들과 거래하게 되면서 현대적 감각이 돋보이는 포장 디자인을 하게 되었고, 용기 역시 세련되게 바꾸었다.

SF 유리에서 납품받아 검은색 플라스틱이 아닌 세련미 물씬 풍기는 용기를 사용하면서 소비자들의 호평을 받았다.

돌풍을 일으키고 있는 오대양이 화장품 업계의 관심을 한 몸에 받았다.

스카이 포레스트에 비해서 품질이 떨어진다고 하지만 국산 화장품으로 볼 때 엄청난 고급화 제품을 출시했다.

오대양의 유명세가 전국으로 확산됐다.

화장품들이 인기를 끌기 시작하면서 오대양으로 전국의 상인들이 찾아왔다.

"내 돈 받고 화장품을 주세요."

"오대양 화장품이라면 믿고 살 수 있습니다."

"오대양의 부산 총판을 맡고 싶습니다."

"서환성 사장님! 우리 유통점과 계약합시다."

오대양의 사업이 순풍에 돛 단 듯 쭉쭉 성장하기 시작

했다. 중저가 화장품들이 선풍적인 인기를 끌게 됐다.

결국 일손이 부족해질 정도로 공장이 돌아갔고, 직원들을 더 뽑아야만 했다.

그런데 오대양이 잘나갈수록 차준후에 대한 관심이 많이 쏠렸다.

홀로 독야청청 잘나가지 않고 쓰러져 가는 동종업계 오대양과 기술 협력을 했다는 부분이 크게 부각됐다.

- 정말 대범한 인물이야. 보통 사람과 생각하는 게 달라. 어떻게 경쟁자로 클 수 있는 기업을 도와주는 걸까? 나라면 도저히 할 수 없을 것 같아.

- 마음이 비단처럼 고운 거지. 국민학교에 우유를 기부하고, 일본에 당한 기업들을 돕는 것만 봐도 알 수 있어.

- 천재는 다 생각이 있어. 우리가 괜한 걱정을 할 필요가 없어.

- 우리는 가만히 지켜만 보고 있으면 된다고.

오대양에 대한 기술 협력으로 차준후를 찾는 사업가와 기업가들이 더욱 늘어나게 됐다. 오대양처럼 뜻하지 않은 행운을 얻기 위한 사람들이었다.

그러나 오대양처럼 전폭적인 기술 협력과 지원을 받는 기업은 더 이상 생겨나지 않았고, 정문 앞을 서성인다고 해서 차준후를 만날 수도 없었다.

제4장.

동방화학사

동방화학사

 일본의 수출 규제가 계속되면서 한국 무역 협회는 현 상태가 지속될 가능성이 높으며 이에 대비할 필요가 있다는 보고서를 내놓았다.

 보고서에는 일본에 대한 경제 의존도 축소를 하나의 해결 방법으로 제시하였다.

 그러나 모두가 한국 무역 협회의 의견에 찬성하는 건 아니었다. 한국 경제 연합회는 이와 정반대의 포지션을 취했다.

 한국 경제 연합회에서 만들어 낸 보고서는 일본과의 연대 강화를 주장하고 있었다.

 한국의 유수한 기업들이 모여서 만들어진 한국 경제 연합회는 일본과의 관계를 매우 중요하게 여기고 있었고,

일본에서 원료와 기술, 기계 등을 들여오는 데 앞장서고 있었다.

한국 경제 연합회는 대한민국이 성장하기 위해서는 일본과의 관계가 매우 중요하다고 입을 모아 주장했다.

일본을 경쟁자가 아닌 함께 나아가는 민주주의와 자유 무역 체제의 동반자라는 시각으로 바라보고 있었다.

수출 규제로 인해 일정 기간 양국 사이에 불편함이 지속되겠지만, 결국 국교 정상화가 이뤄지고, 좋은 사이가 될 거라고 예상했다.

한국 경제 연합회는 일본의 화장품 원료 공급 규제는 일시적인 것이라고 치부하고 있었다.

이런 결정을 내린 데에는 스카이 포레스트에 대한 불편함도 한몫을 하고 있었다.

- 한국 경제 연합회에 가입하라고 했을 때 했으면 힘을 실어 줬을 텐데, 이번 기회에 본때를 보여 줍시다.

- 홀로 잘난 척하다가 앞으로 큰 손해를 보게 될 것입니다.

- 도와 달라고 할 때까지 지켜봅시다.

- 이번 일로 피해를 입는 기업은 대부분 화장품 업계의 기업들이요. 원래 우리나라에 화장품 비중은 많지 않았으니까, 큰 부담은 아니요.

한국 경제 연합회는 그동안 스카이 포레스트에 연합회

가입 서신을 보냈다.

스카이 포레스트가 국내에서 두각을 드러냈을 때부터 연락을 했었고, 미국에서 승승장구하는 모습을 보면서 한국 경제 연합회 가입을 재촉했다.

작년 말에 있었던 한국 경제 연합회 모임에 참석을 부탁한다는 초청장까지 보냈지만, 차준후는 모습을 드러내지 않았다.

한국 경제 연합회는 국내의 쟁쟁한 기업들이 거의 전부 가입되어 있는 경제인들의 모임이었다.

잘나가는 경제인들은 자신들만의 모임인 한국 경제 연합회를 만들어 친목을 다지고, 사업 방향을 논의하고는 했다.

한국 경제 연합회에 가입됐다는 건 한국에서 제법 잘나가는 사업가라는 걸 보여 주는 반증이기도 했다.

이제 막 창업한 사업가들은 한국 경제 연합회에 가입되기를 간절히 바란다.

그런데 차준후는 한국 경제 연합회의 연락을 거듭 무시하고 있었다.

한국 경제 연합회에 소속된 경제인들 상당수의 눈에 차준후가 곱게 보일 리 만무했다.

그들은 이번 일본의 수출 규제를 안타까운 사태가 아닌 고소한 일로 여겼다.

한국 경제 연합회의 사람들은 국내 화장품 업계가 직격탄을 맞을 거라고 예상했지만 전혀 예상 밖의 결과가 일어났다.

스카이 포레스트에서 피해 기업들에게 대대적으로 원료를 공급하여 아무런 손해도 벌어지지 않게 만들어 버린 것이다.

스카이 포레스트가 중재를 요청해 오면 못 이기는 척 생색을 내려고 했던 한국 경제 연합회는 그야말로 닭 쫓던 개 지붕 쳐다보는 꼴로 전락하고 말았다.

화장품을 만들지 못해 엄청난 매출 감소를 당할 거라 예측한 스카이 포레스트는 여전히 잘나갔다.

그것도 모자라서 오대양이라는 업체까지 동반 성장시키는 기염을 토해 냈다.

화장품 업계를 충분히 독식할 수 있는 능력과 기술을 보유하고 있는 차준후였다.

그렇지만 탐욕을 내려놓고 오대양을 키워서 중저가 제품을 시장에 출시했다는 건 사람들의 찬사를 받아 마땅했다.

- 그는 엄청난 박애주의자다.
- 비단결보다 아름다운 마음씨야.
- 내가 여자라면 사랑한다고 고백했을 거야.
- 천재 차준후는 국가와 국민을 생각하는 사업가라고.

가난한 국민들이 중저가 화장품을 편안하게 살 수 있는 세상을 만든 거야. 그래서 오대양이 출시할 수 있도록 도운 거다.

사람들이 반할 수밖에 없는 아름다운 마음씨였다.

과거의 인연으로 인해 벌어진 차준후의 오대양에 대한 지원이 다시 한번 사람들의 오해를 엄청나게 사 버렸다.

차준후가 직접 자신의 입으로 말하지 않는 이상 절대 발각되지 않을 불편한 진실이었다.

* * *

검은색 포드 차량이 스카이 포레스트 정문을 통과해서 지나쳤다.

"대표님! 잠깐 만나 뵙고 할 말이 있습니다."

"차준후 사장님, 기술 협력을 부탁드립니다. 오대양보다 잘할 자신 있습니다."

정문 근처에 서성거리고 있던 사람들이 포드 차량을 보고서 달려들었다. 그들은 서환성처럼 차준후에게 도움을 받기 위해 아침 일찍부터 대기하고 있던 것이었다.

'저 사람들은 정말로 도움을 받을 줄 알고 있는 건가?'

차준후는 창문도 내리지 않은 채 사람들을 한심하다는 눈초리로 바라보았다.

뭐, 이런 상황을 하루 이틀 보고 있는 것이 아니다.

오대양의 사연이 알려지고 나서 무조건적인 호의를 바라고 있는 사람들이 스카이 포레스트에 구름처럼 잔뜩 몰려왔다.

"하아! 어리석네."

차준후는 요즘 계속 보고 있었기에 이런 광경이 익숙해졌지만 흘러나오는 한숨을 감출 수 없었다.

서환성 이후 아무도 만나 주지 않으면 알아서 눈치채고 일찌감치 사라져야 하는데도 불구하고 저 사람들은 무작정 버텼다.

"좋은 아침입니다."

"오늘도 멋있으세요, 대표님."

"식사 맛있게 하셨나요?"

차를 주차한 차준후가 직원들이 건네 오는 인사를 받으면서 삼 층으로 올라섰다.

"안녕하세요."

"오늘 하루도 빡세게 보내 봐요."

종운지와 과격한 단어를 섞어서 말하는 실비아 디온이 근무하는 비서실을 지나쳐서 사장실로 들어섰다.

외투를 옷걸이에 걸고 의자에 앉아서 잠시 숨을 돌리고 있을 때, 종운지가 아이스커피를 가져와서 책상 위에 올려놓았다.

"아이스커피 가져왔어요."

"매번 고마워요."

"제가 좋아서 하는 일이에요."

차준후가 아이스커피를 한 모금 마시면서 책상 위에 가지런히 놓인 국내 신문들을 읽기 시작했다.

책상 한쪽에는 LA 타임지와 NY 타임지, 마이치 일본 신문도 놓여 있었다.

국외 정세를 알기 위해서 차준후가 비서실에 미국과 일본 신문의 구독을 신청하라 지시했고, 실비아 디온이 미군부대에 보급되는 신문들 가운데 한 부씩을 가지고 왔다.

"이제는 국제적으로 살펴보게 됐네."

벌여 놓은 일들이 많아 이제는 국제적인 시장 환경까지 알아야 하는 차준후였다.

"많이 성장했다."

미국과 일본 등의 상황을 살펴봐야 한다는 사실에 웃음이 나왔다.

뿌듯함이 밀려 오는 한편으로 이게 맞나 싶기도 했다. 미래 지식으로 무장하고 있지만, 예기치 않은 일이 벌어지면 혹시라도 큰 불상사가 벌어질 수도 있다고 생각했다.

결코 천재가 아니었기에 긴장한 채 주변사태에 촉각을

곤두세우고 있었다.

언제라도 대응할 수 있게끔 말이다.

오늘도 신문을 읽으면서 혹시 모를 일에 대비할 부분이 있는지 파악했다.

평소처럼 오전에 평화롭게 보내고 있을 때였다.

- 대표님, 동방화학사에서 전화가 왔습니다. 연결해 드릴까요?

종운지가 내선전화로 연락을 해 왔다.

"연결해 주세요."

차준후가 읽고 있던 LA 타임지를 내려놓았다.

- 동방화학사의 반선엽이외다.

"안녕하십니까, 선배님."

차준후가 처음 접하는 반선엽을 선배라고 불렀다.

동방화학사는 1938년 민족자본으로 설립됐다.

대표 반선엽은 해방 후 결성된 대한민국 화장품 협회 초대 회장을 지낸 업계의 원로였고, 현대 화장품 역사의 산증인과도 같은 존재였다.

해방 이후 한국 화장품 업계에서 종사하는 모든 사람들에게 반선엽은 전설적인 선배였다.

한때 독립운동에 자금을 보탰다가 옥살이를 한 일화가 내려오고 있어서 존경할 수밖에 없는 사람이었다.

- 선배라고 불러 줘서 고맙소이다. 이제부터 후배라고

부르겠소. 직접 만나서 이야기를 해야 예의라는 걸 알지만 내가 사정이 좋지 않아서 이렇게 전화를 다짜고짜 걸게 되었소이다.

"제가 미리 인사를 올렸어야 했는데 죄송합니다."

차준후가 고개부터 박았다.

- 후배님이 죄송할 일이 아니요.

"아닙니다, 선배님. 조만간 제가 찾아뵙고 인사를 올리겠습니다."

반선엽은 업계에서 전설적이자 존경스러운 인물로 인정을 받고 있었고, 차준후도 그런 부분을 받아들이고 있었다.

업계의 대선배를 떠나 독립 운동 투사들과 자금을 지원해 줬던 존경스런 분들에게는 고개를 조아릴 수밖에 없었다.

- 후배님이 찾아온다면 좋은 일이지요. 우선 전화를 한 이유를 밝혔으면 하외다.

"말씀하시죠, 선배님."

차준후는 희미하게 떨려 오는 반선엽의 목소리를 듣고 전화 이유를 나름 짐작했다.

그도 그럴 것이 원역사에서 동방화학사는 오대양이 흡수합병을 했으니까.

- 내가 불미해서 동방화학사를 더 이상 이끌어 갈 수

동방화학사 〈111〉

없게 되었소. 동방화학사를 후배님이 인수해 줬으면 좋다고 생각해서 전화를 했소이다.

반선엽은 업계의 기린아로 떠오른 차준후에게 회사를 양도하겠다는 의사를 타진했다.

전화기를 타고 흘러오는 반선엽의 목소리가 무척이나 흔들렸다.

일제강점기라는 영욕의 세월을 버틴 동방화학사를 자신의 손으로 무너뜨리는 순간이 다가왔기 때문이었다.

동방화학사는 기초적이지만 석탄화학계 화합물 및 기타 기초 유기 화학물질 제조 능력을 지니고 있는 몇 안 되는 기업 가운데 한 곳이었다.

민족자본으로 만들어진 곳으로는 유일했다.

해방 이후 사업에 부침이 있었지만 그래도 미래가 유망했다. 그러나 전쟁의 광포한 파도를 겪으면서 사업이 침체일로로 빠져들었고, 전쟁 와중에 공장에 불까지 나는 불운을 겪었다.

반선엽이 어떻게든 동방화학사를 다시금 일으켜 세우려고 노력했지만, 결국 회사를 되살리지 못했다.

"선배님, 제가 바로 찾아가겠습니다."

차준후는 더 이상 전화로 할 이야기가 아니라고 느꼈다.

─ 기다리겠소이다.

떨리는 반선엽의 목소리를 들으며 전화기를 내려놓은 차준후는 착잡한 심정을 감추지 못했다.

*　*　*

동방화학사는 용산에서 그리 멀지 않은 곳에 위치했다.
"어떻게 오셨습니까?"
포드 차량이 도착하자 경비원이 물어 왔다.
"스카이 포레스트에서 차준후 대표님을 모시고 방문했습니다."
운전석 창문을 내린 운전기사가 대답했다.
"연락을 받았습니다. 들어가시죠."
"고맙습니다."
검은색 포드 차량이 정문을 통과하여 지나쳤고, 회백색 건물 앞에 멈췄다.
운전기사가 황급히 운전석에서 내려 차준후가 앉은 차문을 열어 줬다.
"고마워요."
"제가 마땅히 해야 하는 일입니다."
차준후가 차에서 내려 살펴보니 오랜 세월의 풍파를 겪은 건물에는 군데군데 총알 자국이 박혀 있었다.

4층짜리 건물이었다.

건물 곳곳에 국군과 공산당이 격렬하게 싸웠던 흔적이 고스란히 남아 있었다. 영욕의 세월과 전쟁의 파고를 겪은 동방화학사 건물이었다.

문이 열리고 새하얀 백발의 노신사가 한 명 나타났다.

정문에서 연락을 받은 반선엽이 직접 차준후를 영접하기 위해 나온 것이었다.

"선배님을 뵙습니다. 일찌감치 인사를 드렸어야 옳았는데 가까운 곳에 있는데도 불구하고 늦어서 죄송합니다."

차준후가 곧바로 머리부터 숙였다.

"과공은 비례라고 했으니 이러지 마시오. 든든한 후배의 세상 놀라운 이야기들을 들을 때마다 얼마나 흡족해했는지 모른다오."

반선엽이 차준후에게 호의적인 시선을 보냈다.

화장품 업계의 대부로 지내고 있는 반선엽은 차준후의 등장을 반겼다.

불모지나 다름없는 대한민국에서 세계적으로 뛰어나다고 인정받는 화장품을 만들어 낼 줄 그 누가 알았겠는가?

세계적인 명품 화장품을 만드는 건 그의 오랜 꿈이었다. 그런 꿈을 이뤄 준 후배 차준후가 예쁘게 보일 수밖에 없었다.

"들어갑시다."

반선엽이 차준후를 데리고 사장실로 향했다.

은은한 온기가 돌고 있는 동방화학사 사장실은 무척이나 단출했다. 좁은 사장실 안에는 책상과 책장, 테이블, 의자 등이 전부였다.

검소한 성격을 잘 보여 주고 있는 사장실이었다.

"시원한 커피를 좋아한다고 해서 준비해 뒀소."

이제 차준후의 아이스커피 사랑은 대부분 사람들이 알고 있는 듯했다.

"감사합니다, 선배님."

차준후가 얼음이 동동 띄워진 시원한 커피를 한 모금 마셨다.

"이런 걸 물어도 실례가 아닐지 모르겠는데, 일본 수출 규제로 인한 일은 어떻게 되어 가는가?"

반선엽이 스카이 포레스트를 둘러싼 상황을 조심스럽게 물었다.

"편하게 물어보셔도 됩니다. 일본 수출 규제에 대한 부분은 예상하고 있던 내용이라 3개월 분량의 원료를 확보하여 창고에 쌓아 두었고, 진작부터 공급망 다변화를 추진했습니다. 앞으로 홍콩과 싱가포르, 미국에서도 원료를 공급받기로 계약했습니다."

"역시. 진작부터 준비했구려."

"화장품 생산에 필요한 원료 대부분이 일본에 종속되어 있어 위험하다는 생각이 들더군요. 발 빠르게 대처해서 일본의 함정에서 벗어날 수 있었습니다."

긴급하게 움직이지 않았으면 일본의 마수에 걸려들어 큰 낭패를 겪을 뻔했다.

"잘하셨소이다."

차준후의 말에 반선엽이 흡족한 미소를 지었다.

사업가가 사업에 감정을 담으면 곤란하지만, 일본에 당하는 건 과거의 일로만 남았으면 족하다고 여겼다.

그동안 셀 수 없을 정도로 엄청나게 당하고 살아왔기에 가능한 일본을 이겼으면 하는 솔직한 바람이었다.

"후배님은 일본의 마수에 당하지 말고 앞으로도 승승장구했으면 좋겠소이다."

반선엽이 차준후의 승승장구를 기원해 줬다.

그의 말에는 자신과 동방화학사는 일본의 수작에 당했다는 의미도 포함되어 있었다.

민족자본으로 설립된 동방화학사는 일본의 수많은 방해 공작을 받아 제대로 된 성장을 하지 못했다.

일제강점기의 아픈 역사는 동방화학사에 크나큰 상처만 남겼다.

"노력하겠습니다. 위기가 덮쳐 와도 헤쳐 나갈 자신이

있습니다."

차준후가 자신만만하게 답했다.

예기치 않은 일이 일어나서 스카이 포레스트와 차준후가 위기에 빠질 수는 있었다. 그러나 미래 지식과 동료들만 있으면 어떻게든 해결할 수 있을 것 같았다.

이건 단순히 미래 지식을 동원할 수 있다는 것뿐만이 아닌, 이곳에서 직접 부대끼면서 얻은 자신감이기도 했다.

"내가 걱정하는 건 일본이 정치권에 손을 써서 후배님의 손발을 묶어 버릴지도 모른다는 점이지요. 스카이 포레스트를 이기는 것보다 훨씬 쉬운 일이지요."

일제강점기의 그림자를 완전히 청산하지 못한 대한민국에는 친일파들이 득세하고 있었다.

좋은 교육을 받은 친일파들은 대한민국 곳곳에 녹아들어 독버섯처럼 자라났고, 정치권에도 적지 않게 포진해 있는 상태였다.

"그럴 수도 있겠지요. 하지만 그들이 저를 위기로 몰아가기도 쉽지는 않을 겁니다."

스카이 포레스트의 위치는 어느새 전 세계가 알아주는 기업으로 격상되었고, 차준후를 바라보는 사람들도 엄청나게 늘어났다.

사람들의 이목에 신경 써야 하는 정치인들이 유명해진

차준후를 공격하기란 쉽지 않았다.

"알아서 잘하고 있는데, 노파심에 내가 괜한 소리를 한 모양이오."

"선배님의 걱정을 잘 알고 있습니다. 앞으로도 많은 지도 편달 부탁드리겠습니다."

"이제 은퇴를 해야 하니 앞으로는 힘들 테지요. 후배님께서 동방화학사를 인수해 줬으면 좋겠소이다. 동방화학사가 훨훨 나는 모습을 보고 싶소."

반선엽이 동방화학사를 양도하겠다는 의사를 전했다.

그의 떨리는 말투에는 안타깝다는 느낌이 녹아 있었다. 그건 자신의 능력이 차준후처럼 뛰어나서 회사를 보다 잘 운영했더라면 지금의 처지까지 몰리지 않았을 텐데 하는 아쉬움이었다.

"동방화학사를 양도하신 뒤에 계획은 있으십니까?"

"회사를 매각한 돈으로 근처에 있는 일본 헌병대 부지를 사들이려고 하지요."

"헌병대 부지가 이 근처에 있었나요?"

차준후는 이런 이야기를 들어 본 적이 없었다.

친일파들은 일제강점기 시대의 모든 것들을 덮으려고 했고, 먹고 살기 바쁜 사람들은 광복 이후 일본군에 대한 정보들을 접하기 쉽지 않았다.

"일본군 부대와 그에 따른 부속시설들이 있었던 장소

이지요. 헌병대도 있었는데, 그곳 감옥에는 많은 사람들이 갇혀서 곤욕을 겪어야만 했었죠."

반선엽은 헌병대 감옥에서 겪었던 고초를 절대 잊지 못했다. 그 당시 일본 헌병들의 고문으로 인해 오른쪽 다리에 영구적인 장애를 입고 말았다.

그는 걸을 때마다 절뚝거리는 신세가 되어 버렸다.

"아! 그렇군요. 제가 미욱해서 이런 사실을 미처 몰랐습니다."

"요즘은 이런 일에 관심을 가지고 있는 사람들이 많지 않지요."

"헌병대 부지가 매물로 나온 겁니까?"

"오래전부터 매물로 나왔는데 덩치가 커서 매입을 하지 못했지요."

반선엽은 헌병대가 있었던 곳을 지나칠 때마다 마음이 무거웠다.

감옥에서 억울하게 목숨을 잃은 독립운동가들이 떠올랐기 때문이었다. 헌병대 부지를 매입해서 수많은 독립운동가의 원혼을 위로해 줄 생각이었다.

용산 일본 헌병대 감옥에서 목숨을 잃은 독립운동가들이 한두 명이 아니었다.

"일본군 부대의 모든 부동산을 사들였으면 좋겠지만 그러면 가격이 높아서 힘들 것 같소이다."

이미 동방화학사의 매각금액을 산정해 놓은 반선엽이었다.

동방화학사를 판다고 해도 넓은 대지 위에 건설된 일본군 부대시설들을 모두 매입하기란 불가능했다.

그렇기에 가장 눈엣가시였던 일본군 헌병대가 있었던 부지와 부속시설들만 매입할 생각이었다.

"매입하셔서 어떻게 하시려고요?"

"광복회에 넘길 생각이오. 일본 헌병대 부속시설을 광복회 분들이 관리하면 그곳에서 쓰러져 간 고귀한 분들의 원혼도 위로를 받을 수 있을 거외다."

"……아!"

차준후의 입에서 절로 감탄이 튀어나왔다.

동방화학사를 매각한 금액으로 일제강점기 때 헌병대 부속시설을 매입해서 광복회에 넘기겠다니?

주체할 수 없을 정도로 많은 돈을 벌어들이고 있는데도 불구하고 왜 이런 생각을 미처 하지 못했을까?

한국인이었기에 마음 한구석에는 일본에 대한 풀 수 없는 감정이 잔뜩 쌓여 있는 느낌이었다.

그 사실을 깨닫는 순간 차준후는 일제강점기에 대한 이야기를 듣자, 관여해야겠다는 생각이 들었다.

"일본군 부대에 관련된 용산의 부동산을 제가 매입해서 선배님 이름으로 광복회에 기부하겠습니다."

차준후의 선언에 반선엽의 안색이 굳어 버렸다.
"후배님에게 부담이 가는 일 아니오?"
"전혀 부담이 되지 않습니다."
1960년대의 땅과 건물들 가격은 그렇게 비싸지 않았고, 지금 이 순간에도 차준후의 재산은 엄청난 속도로 늘어나고 있었다.
"고맙소이다."
반선엽이 차준후의 양손을 붙잡으며 고마움을 표현했다. 어떻게든 용산 일본군 부지를 모두 사들이고 싶었는데 능력이 부족해서 나설 수 없었다.
그런 부족한 부분을 차준후가 일시에 모두 채워졌다.
해방 이후 수많은 사업가들을 만나고 돌아다녔지만 이처럼 흔쾌히 나서는 경우를 접하지 못했다.
"정말 고맙소."
반선엽이 차준후에게 고개를 숙였다.
"선배님, 은퇴하시고 다른 계획은 있으십니까?"
"고향으로 돌아가서 편안하게 보낼 계획이지요."
"정말 제가 고맙다면 은퇴하시지 말고 동방화학사의 고문으로 계셔 주셨으면 합니다. 회사에는 전문가가 필요하니까요."
차준후가 제안했다.
사업적인 능력은 부족할지 몰라도 반선엽은 화학 분야

에 있어 전문가였다.

반선엽과 같은 전문가가 차준후에게는 필요했다.

"후배님이 필요 없다고 말하기 전까지는 이 늙은이가 곁에서 절대 떠나지 않겠소이다."

반선엽은 누구보다 잘나가는 차준후에게 작게나마 힘이 되어 주기로 결심했다. 마주 잡고 있는 손에 절로 힘이 들어갔다.

그에게서 방금 전까지 의기소침해하던 모습은 찾아볼 수가 없었다.

* * *

스카이 포레스트는 반선엽이 책정했던 금액보다 몇 배는 비싸게 동방화학사를 인수했다

동방화학사의 보유 기술들과 브랜드, 숙련된 기술자, 연구원 등 무형의 가치에 대해 차준후가 높이 평가했기 때문이었다.

민족자본으로 세워진 동방화학사라는 이름은 역사의 뒤안길로 사라졌다.

동방화학사의 정문에 걸려 있던 간판이 내려지고, 스카이 포레스트 화학이라는 간판이 새롭게 내걸렸다.

"와아! 이제부터 우리도 하늘숲 직원이다."

"회사가 휘청거릴 때 실업자가 될 수도 있겠다고 걱정했는데, 너무 좋아."

"들었어? 경리가 월급이 잔뜩 오른다고 하더라. 우리도 이제 모든 취업자들이 원하는 천림의 직원이 된 거라고."

"당연하지. 스카이 포레스트의 월급은 다른 기업들과 비교할 수조차 없을 정도로 많아. 그리고 그것보다 더 놀라운 건 복지 혜택이 어마어마하다는 사실이야."

"내 사촌의 친구의 아들이 용산 천림 공장에 다니고 있거든! 반년을 다니지 않았는데 벌써 번듯한 집을 구매했다고 하더라고. 반년 넘게 천림 화학을 다니면 우리도 새 집을 살 수 있다는 소리야."

직원들은 스카이 포레스트 화학을 하늘숲 화학 혹은 천림 화학이라고 불렀다. 아무래도 영어보다 한글과 한자로 된 이름이 입에 익숙했기 때문이었다.

동방화학사가 스카이 포레스트에 인수됐다는 소식은 업계 전체에 엄청난 충격을 안겨 줬다.

— 동방화학사를 매입한 스카이 포레스트는 이제 원료까지 자체 생산을 할 수 있다는 소리잖아.

— 에이! 그 정도까지는 아니지. 동방화학사가 생산할 수 있는 건 아주 소수의 품목뿐이니까. 게다가 생산할 수 있는 양도 적어서 스카이 포레스트를 만족시켜 줄 수 없어.

— 그렇게 가볍게 볼 사안이 아니야. 원료부터 완제품

생산까지 수직 체계를 완성했다는 의미이니까.

― 원로인 반선엽 선배가 퇴장하고, 신성인 차준후가 앞으로 나서는 거구나.

― 반선엽 선배, 은퇴하지 않는다고 하더라. 스카이 포레스트 화학 공장의 고문으로 일하신다고 들었어.

업계 사람들은 스카이 포레스트의 동방화학사 인수에 대해 각별한 관심을 드러냈다. 둘만 모여도 이번 사태를 말하기에 여념이 없었다.

화장품 업계 원로의 수장격인 반선엽이 차준후를 지지하고 나서자, 다른 원로들까지 차준후에게 지지 의사를 표현했다.

반선엽을 회사 고문으로 고용한 여파로 업계 안에서 차준후의 단단한 지지 기반이 만들어졌다.

그리고 이런 지지기반은 단순히 화장품 업계에만 그치지 않았다.

반선엽은 이른바 마당발이었고, 광복회에도 알고 지내는 사람들이 많았다. 독립자금까지 지원하다가 옥살이까지 했기에 거의 독립운동가 취급과 대우를 받았다.

* * *

광복회 용산지부는 동방화학사 아니 스카이 포레스트

화학과 도보로 10여 분 정도 떨어진 곳에 위치하고 있었다.

"형님, 오셨소?"

지부장인 한충호가 반선엽을 반겼다.

"무슨 일이라도 있냐? 네가 편지를 다 쓰고."

"독립 유공자 후손들을 위한 장학 사업을 계획하고 있었어요. 장학자금을 기부해 달라고 사업가들에게 편지를 써서 보낼 생각입니다."

편지를 받는 사업가들은 체면치레 때문에라도 기부금을 보내왔다.

독립운동가들 가운데에는 가정을 돌보지 못한 분들이 많았다.

가지고 있는 재산을 전부 독립운동으로 사용한 탓에 후손들이 어렵게 살고 있는 경우도 허다했다.

독립운동가들의 후손을 위한 장학 사업이 광복회의 주된 사업 가운데 하나였다.

그러나 광복 이후에 광복회는 대한민국에서 관심을 제대로 받지 못하고 있었고, 광복회 장학 사업의 장학자금을 받는 후손들의 숫자가 많지 않았다.

"다른 사람들은?"

"독립운동가의 탈을 쓴 친일파 한 사람을 조사한다고 나갔습니다."

해방 이후 친일파들은 기존의 행적을 지우려고 노력했고, 그들 가운데 일부는 독립운동가 행세를 벌이기도 했다.

제5장.

석탄화학

석탄화학

친일파 청산을 하지 못한 일은 두고두고 아쉬운 일이었다.

지속적으로 일제에 협력하고 민중에 해악을 끼친 친일파들은 혼란한 정국을 틈타 대한민국 곳곳으로 파고들었다.

그리고 미군정의 통치 아래 친일파들이 다시 득세하는 세상이 만들어지고 말았다.

광복회가 어려운 처지에 처한 데에는 친일파들의 수작질도 한몫하고 있었다.

"친일파 사전에 포함시켜야 할 사람이구나."

"맞습니다. 씹어 먹어도 시원치 않을 놈이죠. 반성을 해도 부족한데, 감히 독립운동가 행세를 하다니요. 절대 용서할 수 없습니다."

광복회가 가장 야심 차게 추진한 사업이 친일 반민족 행위자의 사전 편찬이었다.

 사전 편찬을 하고 난 뒤, 이를 바탕으로 친일파 재산환수 사업을 강력하게 밀어붙이고 있었다.

 그렇지만 이 사업은 친일파의 극렬한 방해와 정부의 무관심 속에 표류하고 있는 실정이었다.

 "지부를 옮겨야겠다."

 남루한 용산지부가 평소 마음에 들지 않았던 반선엽이었다.

 자신의 처지도 좋지 않았기에 선뜻 옮겨 주지 못했지만, 이제는 처지가 완전히 바뀌었다.

 "갑자기요? 어디 괜찮은 곳이 나왔습니까?"

 한충호가 반색했다.

 지금 지부는 난로에 장작을 집어넣어도 곳곳에서 찬바람이 솔솔 들어와서 직원들이 모두 고생하고 있었다. 빠르게 지부를 옮기고 싶었지만 그놈의 돈이 문제였다.

 "내가 좋은 곳으로 구해 놓았다."

 "어디에 구하셨는데요?"

 "일본군 형무소."

 그는 일본군 부대가 주둔하고 있던 용산 대지와 부속시설을 방금 전 모두 매입했다는 통보를 차준후로부터 받고서 곧바로 달려왔다.

차준후가 천애 복덕방의 변성우에게 부탁해서 용산의 일본군 부동산을 한꺼번에 매입해 버렸다.

헤드헌터로 일하면서도 여전히 부동산 업무도 겸업하는 변성우의 힘이 작용했다.

"네?"

믿기지 않는 이야기에 한충호의 입이 크게 벌어졌다.

일본군 형무소를 매입하겠다는 말을 평소에 입버릇처럼 했던 반선엽이었고, 그것이 어떻게 가능한지 한충호는 잘 알았다.

"아! 형님, 회사를 파셨소? 그렇게 하지 말라니까…… 그리고 회사를 매각한 돈으로 일본 헌병대 형무소를 사 버리면 어떻게 한단 말입니까?"

그는 동방화학사가 위기를 넘기고 앞으로도 잘나가기를 기원했는데, 기어코 팔아넘긴 모양이었다.

그렇지 않아도 몸이 불편한 반선엽이었기에 노후 자금을 든든하게 가지고 있어야만 했다.

소중하게 써야 할 노후 자금을 몽땅 형무소를 사 버리면 어쩌자는 것인가?

"허허허, 녀석. 내 그러니 신문을 좀 자주 보라고 하지 않았느냐."

"속 시원하게 말해 보시오. 무슨 소리요?"

"회사를 넘긴 건 맞지만 형무소를 산 건 내가 아니야."

"그럼 누가 샀다는 거요?"

"동방화학사의 새로운 주인인 차준후 대표다."

"차준후라면? 스카이 포레스트를 말하는 거잖습니까?"

"그렇지. 그 사람이 형무소를 비롯한 용산 일본군 부동산을 모두 매입했다. 그 부동산들을 모두 광복회에 기부한다고 하더구나."

"……아!"

한충호가 탄성을 터트렸다.

일본군 형무소만이 아니라 용산 일본군 부동산 전체를 이야기한다는 사실을 깨달았기 때문이었다.

엄청난 덩치의 부동산이었다.

일반적인 사람은 감히 엄두를 낼 수 없었고, 광복회도 용산 일본군 부지를 모두 매입할 엄두를 가지지 못했다. 그랬는데 그런 엄청난 금액의 부동산이 광복회로 데굴데굴 굴러들어 왔다.

놀란 한충호를 보면서 반선엽이 실실 웃었다.

얼마 전 자신이 느꼈던 기분 좋은 충격을 한충호가 똑같이 느끼고 있었던 것이다.

"형님, 이게 꿈은 아니지요?"

"왜? 내가 한 대 때려 줄까?"

"됐습니다. 형님이 진짜 때리려고 하는 모습을 보니까 현실이 맞네요."

"여기서 이럴 게 아니라 형무소에 가 보자. 일본군 형무소 부속시설을 광복회 지부로 사용하면 여러 가지로 많은 의미를 가질 수 있을 거다."

"갑시다."

벌떡 일어선 한충호가 옷걸이에서 외투를 꺼내어 걸쳤다. 형무소를 광복회 지부로 사용한다고 생각하자 벌써부터 마음이 설렜다.

"차준후 대표님은 어디 계십니까? 만나서 인사를 드려야겠습니다."

"됐다고 하더라. 나보고 기부 관련 모든 일 처리를 하라고 하더라고. 나중에 만나게 될 기회가 있으면 그때나 인사드려."

"아! 아쉽네요. 이번 기회에 만나 뵙고 장학 사업에 대한 기부금도 요청할 생각이었는데……."

"장학금도 넉넉히 기부한다고 했어."

대한민국에서 사업적으로 가장 잘나가는 차준후가 광복회의 든든한 물주로 나섰다.

돈 때문에 어렵게 진행되던 광복회의 장학 사업이 한순간에 순풍에 돛 단 것처럼 나아가게 됐다.

"정말요?"

"그러니까 장학 사업을 마음껏 추진해 봐."

밖으로 나온 두 사람이 차가운 겨울바람을 맞으며 용산

일본군 형무소로 향했다.

"저번에 듣기로 군부 일각에서 차준후 대표에 대해서 안 좋은 이야기를 하고 있다고 하던데……."

"저도 들었던 기억이 있습니다."

차준후의 사업자금을 쫓다 보면 재무부 차관이었던 차운성이 등장할 수밖에 없었다.

이승민 하야와 함께 자유당 인사들과 정부 고위 관리들의 부동산을 통한 부정 축재 이야기로 시끄러운 시기였다.

부동산 투기로 막대한 재산을 축적한 사람들을 이야기할 때 빠지지 않는 인물이 바로 차운성이었다.

"차준후 대표까지 부정 축재자로 거론한다면서?"

"아무래도 연좌제라는 게 있으니까요."

부모의 잘못이 고스란히 아들에게까지 전가되는 형국이었다.

"부모 세대의 잘못이 자식까지 전가되는 연좌제는 없어져야 한다고 봐."

"저도 그렇게 생각해요. 하지만 현실은 그렇지 않으니까 문제죠."

"일본군 시설들은 용산에만 한정한다고 하지 않았어. 차준후 대표가 전국에 있는 모든 일본군 형무소를 모두 매입해서 광복회에 기부한다고 하더라."

"네? 엄청난 거금이 들어가는 일인데요?"

"우리에게는 엄청난 거금이지만 달러를 벌어들이는 차준후 대표에게는 별로 어렵지 않게 지출할 수 있는 금액이더라고."

거액은 사람에 따라 차이가 있었다.

미국과 국내에서 달러를 잔뜩 벌고 있는 차준후에게 일본군 형무소들을 매입하는 건 커다란 부담이 결코 아니었다.

며칠 동안 차준후와 함께 하면서 그런 사실을 뼈저리게 느낄 수 있었던 반선엽이었다.

"형님은 심장 떨어질 정도로 놀라운 일을 왜 하나씩 밝히는 겁니까? 한꺼번에 말씀해 주세요."

"크크크! 이렇게 해야 네가 놀라는 모습을 많이 볼 거 아니냐?"

"거, 동생한테 장난치는 사악한 마음씨는 그대롭니다. 그려."

많은 장난을 칠 정도로 두 사람은 평소에도 죽이 잘 맞는 사이였다.

"네가 나보다 군대에 발이 넓지 않느냐? 차 대표에 대해서 나도 개인적으로 알아볼 테지만 너도 백방으로 알아봐라."

"알겠습니다."

광복회는 군대와 깊은 관계를 유지하고 있었다.

무장 독립을 추진했던 독립운동가들 가운데 적지 않은 사람들이 군대에 투신해서 장교가 되었고, 이들은 여전히 광복회와 연락을 하고 지냈다.

 한국 군부는 만주군관학교인 평안도파와 일본육사 및 해방 이후 군사학교 출신들로 이뤄진 함경도파로 크게 나뉘어 있었다.

 두 파벌들에 광복회의 만주 인맥이 도도하게 녹아들어 있었다. 군부 내의 거대한 두 파벌들도 만주 인맥을 무시할 수는 없었다.

 "광복회에 기부한다고 해서 하는 이야기가 아니야. 차준후 대표는 커다란 일을 해야 할 사람이네. 우리가 살뜰히 챙겨 줄 수 있으면 해 줘야 해."

 "저도 차준후 대표가 주변 영향을 받지 않고 자유롭게 지낼 수 있었으면 합니다. 괜히 건드려서 비상하고 있는 날개를 꺾지 않았으면 좋겠습니다."

 "여러모로 떠드는 사람들이 있을 거야."

 "그렇겠죠. 기부금을 받고서 지지한다고 비아냥대는 사람들이 분명히 나올 겁니다."

 "기부금이나 잔뜩 내고서 떠들라고 한마디 해 줘."

 "사촌이 땅을 사면 배가 아프다고 하잖아요. 잘나가는 차준후 대표 이야기에 배가 아파서 그러는 거니까 한 귀로 듣고 흘려 버려야죠."

"그래. 그것이 현명한 거지."

"떠드는 건 자유지만 누구도 차준후 대표가 잘나가는 걸 부정할 수는 없을 겁니다."

"지금까지 보여 준 걸 보면 납득할 수밖에 없지. 아니, 압도당한다고 해야 맞을지도 몰라."

차준후는 누구에게나 인정받을 정도로 잘나가는 천재였다. 천재의 앞길을 막는다는 건 대한민국의 미래를 위해서도 좋은 일이 아니었다.

사업에 재능이 있는 천재였다. 뿐만 아니라 주변사람들을 챙기는 데 있어서도 탁월했다. 가난한 서민들을 위해 과도할 정도의 월급과 복지 혜택을 제공하고 있었다.

혼자만 잘살지 않고 더불어 잘 살아가려는 선한 마음씨였다. 이런 마음씨 덕분에 그를 추종하는 사람들이 계속 늘어났다.

광복회가 적극적으로 움직이면서 만주 인맥이 차준후에 대한 지지를 보내려 하고 있었다.

국내에서 사업을 활발히 펼치고 있는 차준후가 기부 활동을 통해 주변으로 영향력을 계속 늘려 나갔다.

* * *

동방화학사, 아니 스카이 포레스트 화학은 석유화학이

아닌 석탄화학 회사이다.

강원도에서 나는 석탄을 원료로 사용해서 화학물질을 만들어 왔다.

석탄화학은 1923년 독일에서 석탄을 원료로 사용하여 메탄올을 만들어 내는 걸 시작으로 본격화됐다.

석탄화학 공업단지가 설립됐고, 공장에서는 일산화탄소와 수소의 합성가스를 가지고 인조 석유를 만들어 냈다.

일산화탄소와 메탄올 그리고 메탄과 같은 화합물로부터 여러 가지 화학제품을 만들어 내는 기술이 탄소화학이고, 차준후도 대학교에 다닐 때 배웠던 과목이었다.

"합성 섬유 가운데 하나인 아크릴섬유를 만들어 낼 수 있는 아크릴을 생산해 내고 있는 장소입니다."

반선엽이 차준후에게 아크릴이 나오고 있는 설비 앞에서 이야기하고 있었다.

반선엽은 회사에 있을 때만큼은 대표인 차준후에게 경어를 사용했다.

차준후의 높은 위상을 자신의 언행으로 깎아내리지 않기 위함이었다.

아크릴섬유는 3대 합성 섬유 가운데 하나로 가격이 저렴하여 모직물을 대체하는 의류의 대량 생산에 이용하고 있었다.

"석탄으로 아크릴을 만드는 모습을 직접 보니 신기하네요."

차준후는 석탄이 아닌 석유로 만드는 공정만 보고 경험해 왔다.

"이곳에서 만들어지는 아크릴은 모두 성삼모직에서 구매해 가고 있어요. 성삼모직에서 방사기로 아크릴섬유를 뽑아내서 모와 혼방하거나 아크릴섬유만으로 의류를 제작하고 있지요."

"저기에 있는 방사기로 아크릴섬유를 직접 뽑지 않고요?"

"저것은 고장이 나서 사용하지 못하는 방사기입니다. 설립 초기에 중고로 구입한 방사기를 고쳐서 사용해 왔지만, 작년 하반기에 결국 멈춰 버리고 말더군요. 고칠 수 있는 부품을 구하기도 어려워서 이제는 더 이상 돌릴 방법이 없습니다."

아크릴섬유로 팔면 아크릴보다 높은 가격을 받을 수 있었지만 동방화학사는 방사기를 구매할 자금조차 없었다.

"돈에 구애받지 말고 최신 방사기를 알아봐 주세요."

차준후는 아크릴로 판매하고 싶은 생각이 없었다.

적자 구조인 회사를 흑자 구조로 바꾸기 위한 작업에 착수했다. 든든한 자금지원과 함께 낙후된 시설 장비들을 바꿀 생각이었다.

"좋은 방사기로 알아보지요."

반선엽은 돈 많은 사장을 모시게 되어 좋은 점을 알게 됐다.

고쳐서 사용하는 것이 아니라 아예 새로운 신형 설비를 구매할 수 있었다. 자금 때문에 더 이상 머리카락을 뜯어 가면서 고민할 필요가 없었다.

"아크릴 외에 다른 제품들은 없습니까?"

"회사에서 생산하고 있는 것은 아크릴과 메탄올이 전부입니다."

동방화학사가 아크릴과 메탄올로 수익을 내고 있었지만, 석탄화학 공업체계를 완전히 이뤘다고 말할 수는 없었다.

"석탄으로 인조 석유를 만들면 다른 것들도 생산이 가능하지 않나요?"

차준후는 석탄으로 만들 수 있는 제품들이 많다고 알고 있었다.

석탄으로 일산화탄소와 수소의 합성가스를 얻어 내어 인조 석유를 만들어 내는 게 가능했다. 석탄 가스화 공정을 효율적으로 이뤄 내는 게 핵심이었다.

"잘 알고 계시네요. 석탄 가스화 공정으로 인조 석유를 만들면 질소비료와 합성고무, 폴리에틸렌 등도 만드는 게 가능하지요. 해외에서는 질소비료 등과 같은 비료들을 생산할 수 있는 기술도 가지고 있지만, 저희는 아직 기술이 부족합니다. 간신히 질소비료를 만들어 내기는 했는데 품질이 많이 부족한 수준이지요."

반선엽이 안타까운 표정을 감추지 못했다.

좋은 품질의 질소비료만 생산해 냈어도 동방화학사는 위기를 이겨 내고, 새로운 도약을 이뤄 낼 수 있었다.

동방화학사는 국내의 화학공업 발전과 해외에서 도입하는 수입 원자재를 대체하기 위해 자체적으로 연구를 지속해 왔지만, 불운하게도 성과를 내지는 못하였다.

"질소비료를 만들면 국내에 많은 도움이 되겠군요."

농경 산업이 주를 이루고 있는 대한민국은 많은 비료가 필요했다.

해외 수입에 의존하고 있는 비료였다. 질소비료 개발에 성공했으면 외화 절약까지 가능하다는 소리이다.

"고품질의 질소비료를 생산하는 데 성공해도 석유화학 제품에 비해서는 생산비가 많이 들어간다는 단점이 있어요."

석탄화학 공장을 원활하게 돌리기 위해서는 막대한 전력이 필요했다.

일제강점기 시절에는 전력 생산량이 괜찮았기에 버틸 수 있었지만, 해방 이후에는 전력 사정이 악화됐다.

동방화학사에서는 공장 설비를 가동할 때마다 엄청난

전기 비용을 지불해야만 했다.

주변 환경 때문에 석탄화학에만 집중하던 반선엽이었지만 생산성과 경제성을 따져 석유화학으로 가야 한다는 걸 알고 있었다.

"원유를 수입할 여력이 부족한 대한민국에 석탄화학 회사를 돌릴 이유가 분명히 존재합니다. 지금은 석유화학이 대세이지만 석탄화학이 주목을 받는 시기가 올 겁니다."

차준후는 반선엽이 주도적으로 추진한 연구와 개발 방향이 잘못되지 않았다고 확신했다. 국내의 기술과 자원에 의존한 발전도모는 앞으로 커다란 힘으로 작용할 수 있었다.

21세기 청정에너지의 부각과 함께 석탄화학은 다시 주목을 받게 되니까.

"앞으로도 연구를 지속해 주세요."

"언제 성과를 낼지 알 수 없습니다."

반선엽은 연구를 계속해도 되는지 회의적이었다.

오랜 시간 연구했지만 뚜렷한 성과를 내지 못했고, 결국 회사는 경영 위기에 몰렸다.

성과를 내기 위해서는 앞으로도 많은 가시밭길을 걸어갈 게 분명했다.

석탄화학을 둘러싼 기술은 20세기에 접어들면서 비약

적인 발전을 한다. 새로운 기술들이 개발되면서 석탄에서 에탄올을 만들어 낼 수 있게 되기 때문이다.

"제가 연구 방향을 정해 드리겠습니다. 석탄 가스화 공정과 에탄올 제조에 대해 떠오르는 생각들이 있습니다."

차준후는 21세기의 화학지식을 가지고 있었고, 다행히 그 지식들 가운데에는 석탄 가스화 공정과 에탄올 제조에 대한 내용도 있었다.

중국은 20세기에 석탄을 에탄올로 전환하는 국제 표준 기술을 발표했고, 연간 50만 톤의 에탄올을 생산할 수 있는 공장을 건립했다.

에탄올은 청정에너지원으로 분류되는 미래 에너지이면서 화장품에도 사용되는 원료였다. 그렇기에 연구소에 재직할 때, 임준후는 중국의 국제 표준 기술에 관심을 가졌었다.

"역시 대표님은 놀라운 천재셨군요."

반선엽은 천재라 불리는 차준후의 역량을 마주 볼 수 있게 됐다.

석탄 가스화는 해외에서도 가능한 공정이었지만 효율적인 에탄올 제조는 아무나 할 수 없었다.

수많은 국가와 연구기관들이 석탄으로 에탄올을 만드는 방법에 대해 연구하고 있었지만, 어느 곳도 성과를 내지 못하고 있었다.

그런데 차준후가 에탄올을 제조하는 방법을 알고 있다고 하니 반선엽이 경악할 수밖에 없었다.

 "제가 아는 것은 이론적이고, 아직은 파이롯트 수준입니다. 현장에 적용하려면 많은 시행착오가 있어야 할 것입니다."

 에탄올 국제 표준 기술에는 공장에서 생산하는 방법과 기술 등이 빠져 있었다.

 "그것만이라도 대단한 것입니다. 지금껏 어디에서도 대표님과 같은 성과를 낸 사람이 없습니다. 파이롯트 단계에서 성공하더라도 세계적으로 알아주는 수준입니다."

 반선엽이 입에서 침을 튀겨 가면서 외쳤다.

 천재라는 건 알았지만 석탄화학이라는 분야에서도 능력을 발휘할지는 정말 몰랐다.

 그동안 꽉 막혀 있던 연구에 길이 열린다고 생각하니 절로 웃음이 나왔다. 그러면서 차준후의 천재적 역량을 깨닫고 절로 공손한 자세를 취하게 됐다.

 "가야 할 길이 멀고 험할 겁니다. 제가 약간의 지식은 있어도 석탄화학 현장에 대해서 아는 바가 전무하다고 해도 과언이 아닙니다."

 "현장 일은 제가 전문가입니다. 석탄화학에만 집중해서 살아왔지요. 대표님에 비해서는 부족하지만 석탄화학 현장에 있어서 나름 훤합니다."

반선엽은 반평생을 석탄화학에 몰두한 연구자로서 나름 독보적인 지식을 가진 전문가였다.

석탄에서 나오는 일산화탄소와 수소 등을 농축하고, 정화하고, 분리시키는 시스템에 대해 개발해 내기도 했다.

그동안 안갯속을 헤매는 느낌이었다.

실패할 확률이 높은 연구 개발 분야였고, 그 역시 연구에 진척을 내지 못해 왔다.

그런데 이제는 상황이 바뀌었다.

높은 곳에서 내려다보는 차준후가 연구 방향과 지식을 전수해 준다고 했다.

"기대하겠습니다."

차준후가 미소를 띠었다.

자신감 넘치는 반선엽의 모습이 보기 좋았다.

두 사람이 대화를 나누면서 공장을 둘러보고 있는데, 이번에 살펴볼 곳은 바로 보일러실이었다.

석탄을 태우는 보일러실에 들어가기 전부터 후끈한 열기가 전해져 왔다.

"실내가 많이 뜨겁습니다."

"알겠습니다."

실내로 들어서자마자 후끈한 열기가 밀려왔다.

벽 한쪽에는 검은 석탄들이 잔뜩 쌓여 있었고, 그곳에서 작업자 두 명이 보일러에 석탄을 열심히 집어넣고 있었다.

"어이쿠! 대표님, 오셨습니까."

"안녕하십니까."

삽으로 석탄을 집어넣던 작업자들이 차준후와 반선엽에게 고개를 숙였다.

"잠깐 실례하겠습니다."

차준후가 작업자들과 보일러실을 살펴보기 시작했다.

방열복도 없이 일하는 작업자들은 다 해진 옷을 걸친 채 땀을 뻘뻘 흘리고 있었다. 손에 낀 두꺼운 장갑도 많이 해져 있는 모습이었다.

"석탄을 보일러에 자동 공급하는 기계가 없네요?"

자동 공급 장치가 있으면 사람이 고생하면서 보일러 앞에서 석탄을 집어넣을 필요가 없었다.

"가격이 비싸서……."

반선엽이 말꼬리를 흐렸다.

직원들 월급을 주기도 빠듯했기에 석탄 자동 공급 장치는 엄두도 내지 못했다.

"석탄 자동 공급 장치도 설치하죠."

차준후가 시원하게 새로운 시설 설치를 지시했다.

보일러에서 꽤 멀리 떨어져 있는데도 불구하고 숨을 쉬기 버거울 정도였다.

바짝 붙어서 일하는 근로자들에게는 지옥의 유황불을

껴안고 일하는 것과 마찬가지이다.

사업주는 작업자들이 쾌적하게 일할 수 있는 환경을 만들어 줄 의무가 있었다.

차준후는 사업주의 위치가 아니라 작업자의 위치에서 생각했다.

"감사합니다, 대표님."

"신경 써 주셔서 고맙습니다."

작업자들이 차준후에게 아까보다 허리를 더욱 깊숙하게 숙였다. 험한 일을 하는 자신들을 배려해 준다는 사실을 뼈저리게 느꼈기 때문이었다.

"방열복과 방열 장갑 등 작업자들에게 안전 장비를 제공해야겠네요."

보일러실에서 근무하다 보면 보일러에 가깝게 다가가는 순간이 있게 된다. 잘못하면 화상을 입을 수도 있었기에 방열 장비는 필수였다.

"아이고! 괜찮습니다."

"자동 공급 장치가 있으면 보일러와 떨어져서 작업할 수 있으니까, 방열 장비 없이도 편안하게 일할 수 있습니다."

"쾌적하게 일해야죠. 앞으로 회사에서 주기적으로 방열 장비를 제공하겠습니다."

"아! 감사합니다."

"뼈가 부러져라 열심히 일하겠습니다."
"다른 불편하신 점이 있으면 말씀해 주세요. 개선해 드리겠습니다."
"아이고! 없습니다."
"말씀해 주신 것만 해도 감지덕지입니다."

작업자들이 호들갑을 떨면서 다른 불평이 없다고 이야기했다.

참으로 순박한 모습들이었다.

차준후의 방문과 함께 보일러실의 작업 환경이 송두리째 바뀌어 버리게 됐다.

"그럼 고생들 하세요."
"살펴 가십시오, 대표님!"

작업자들이 떠나가는 차준후에게 존경심을 담아 깊숙하게 허리를 숙였다.

"이제 작업자들이 저보다 대표님을 더 공손하게 모시네요."

반선엽이 흐뭇하게 웃으며 말했다.

고생하는 보일러실 작업자들을 챙겨 줘야 한다고 생각하고 있었는데, 그것이 차준후에 의해 즉각적으로 실행됐다.

비단결처럼 고운 마음씨를 가진 차준후에게 사업장을 넘겼다는 마음에 절로 가슴이 뿌듯해졌다.

"돈의 힘이죠."

"아니요. 따뜻한 배려심의 힘입니다. 힘들게 일하다 보니 자신들을 챙겨 주는 사람의 마음을 누구보다 잘 느끼는 겁니다."

"……."

차준후가 침묵했다.

공장에 최신시설을 설치하고, 작업 환경을 좋게 만들어 주면 늘 이런 평가가 돌아왔다.

21세기의 사람들은 돈을 많이 준다고 해도 어렵고, 더럽고, 힘든 일을 하지 않는다. 그렇기에 사업주는 작업 환경을 최대한 쾌적하게 만들어 줘야만 했다.

21세기의 가치관을 가지고 있는 차준후에게는 작업자들을 챙겨 주는 게 당연한 일이었다.

그런데 1960년대에는 사람들을 갈아 가면서 일을 시키는 게 자연스러웠다.

사건 사고가 많은 작업장에 사람들을 밀어 넣어 버렸다. 힘들고 어려운 일을 시키면서도 작업자들이 받는 보수는 푼돈에 불과했고, 다치기라도 하면 온전히 개인의 피해로 전가됐다.

근로자는 철저히 을이었다.

"직원들을 챙겨 주셔서 정말 고맙소이다."

반선엽이 고마움을 표현했다.

"잘 챙겨 줘야 직원들이 열심히 일하니까요. 대표로서 당연히 해야 하는 개선입니다."

쾌적한 환경에서 근무해야 일의 효율이 올라가는 법이었다.

자동화 시설은 생산량을 몇 배로 늘릴 수 있는 기반이 되고, 안전 장비 역시 직원들이 더욱 편하게 움직일 수 있게 보조한다.

직원들을 챙기는 게 결국 사업주의 이익으로 이어진다.

"그렇죠. 그 당연한 일을 못 한 미욱한 사람도 있었지요."

"아! 그런 뜻으로 한 말이 절대 아닙니다."

"후후후! 그냥 너무 좋아서 너스레를 떨어 본 겁니다."

차준후 앞에서 점잖은 모습만 보이던 반선엽이 슬슬 쾌활한 본성을 드러냈다.

차준후에게 마음을 열고 있다는 반증이었다.

그렇기에 광복회의 인맥까지 동원해서 군부에서 돌고 있는 부정적인 차준후의 이미지를 지워 버리려 노력하는 것이었다.

공장 여기저기를 둘러보니 벌써 점심시간이다.

낙후된 시설과 작업 환경 등 개선해야 할 곳들이 많았기에 시간 가는 줄도 몰랐을 정도였다.

그렇지만 차준후의 배꼽시계는 정확하게 점심시간을 알아냈다.

분주하게 돌아다니던 차준후가 12시가 되자마자 멈춰 섰다.

손목시계가 정확히 12시를 가리키고 있었다.

먹는 것에 진심인 차준후에 대해서 알고 있는 반선엽이었다.

"근처에 유명한 짬뽕집이 있소이다. 해물로 국물 맛을 내지 않고 고기 육수로 내는 짬뽕집이지요."

"오! 맛있겠네요."

차준후는 조치원의 유명한 짬뽕집을 방문해서 걸쭉한 짬뽕 국물 맛에 감탄한 적이 있었다.

전국 3대 짬뽕으로 불리는 그 국물의 맛을 절대 잊지 못했다.

"화교 출신 주방장이 복성루라는 간판을 내걸고 장사하는 중국집인데, 지방에서도 찾아올 정도로 유명세를 떨치고 있답니다."

"지방 사람들이 찾아올 정도면 진짜 맛집이군요. 빨리 가 보죠."

"예약을 해 뒀습니다. 대표님을 모시고 간다고 말하니까, 복성루 사장이 가장 좋은 방을 빼 둔다고 말하더군요."

이곳에도 차준후의 맛집 감별기에 대한 소문이 퍼져 있었고, 복성루 역시 예외는 아니었다.
 복성루의 화교 출신 주방장도 차준후의 맛집 리스트에 올라가고 싶어 했다.

제6장.

석유화학

석유화학

"짬뽕 나왔습니다. 맛있게 드세요."
 머리를 시원하게 밀어 버린 주방장이 직접 짬뽕을 방으로 가져다줬다.
 "감사합니다."
 "잘 먹겠소이다."
 차준후와 반선엽이 뜨거운 김이 모락모락 피어나는 짬뽕 그릇을 받아들였다.
 "이것도 드셔 보시죠. 저희 복성루에서 얼마 전에 새롭게 출시한 군만두입니다."
 "이건 주문하지 않았는데?"
 "자주 오셔 달라고 드리는 뇌물입니다."
 "허허허! 그동안 단 한 번도 받아 보지 못한 서비스를 차준후 대표님과 오니까 받아 봅니다."

"나갈 때 계산하겠습니다."

차준후가 군만두 접시를 받아 들면서 이야기했다.

"아이고! 그러지 않으셔도 됩니다."

"아닙니다. 제 돈을 내고 먹어야 맛을 제대로 평가할 수 있으니까요."

차준후는 음식에 대한 무상 서비스를 받아들이지 않았다. 공짜로 먹고 무조건 좋다고 이야기하는 성격이 아니었다.

"맛은 자신 있습니다. 한 입 베어 물기만 하면 육즙이 장난 아니라는 걸 느끼실 수 있을 겁니다. 식어도 맛있지만 뜨거운 때 먹으면 더 맛있습니다."

주방장이 웃으며 물러났다.

"요리에 대한 자부심이 대단해 보이네요?"

"그동안 많이 봐 왔지만 저런 성격인 줄은 몰랐소이다. 대표님과 함께하다 보니 기존에 경험하지 못했던 걸 많이 보게 되는군요."

반선엽은 복성루 사장 겸 주방장을 무뚝뚝한 성격으로만 알고 있었다.

여태껏 진실한 모습을 보지 못했다고 생각하니 웃음이 절로 나왔다.

"대표님은 사람의 본모습을 끄집어내는 힘이 있으시네요."

"드시죠. 식으면 맛없습니다."

차준후가 반선엽에게 숟가락과 젓가락을 건네며 이야기했다. 단무지와 양파가 놓인 그릇을 반선엽이 집어 먹기 편한 위치로 옮겨 놓았다.

"대표님도 드세요."

반선엽이 먹는 모습을 본 차준후가 숟가락을 집어 들었다.

국물을 한 입 떠먹자 입 안 가득 고기 육수의 맛이 퍼져 나갔다.

불맛을 입힌 국물에서 아주 구수하면서 진한 고기의 맛이 났다.

푸짐하게 들어간 돼지고기가 입안에서 씹힐 때마다 국물 맛을 더욱 진하게 만들었다.

"맛있네요. 고문님 덕분에 오늘 짬뽕 맛집 한 곳을 발견했습니다."

차준후의 추억 속에만 남아 있던 조치원의 짬뽕 맛집을 떠올리게 만드는 진한 고기 국물맛이었다.

"맛있게 드시는 모습을 보니 다행입니다."

반선엽이 흐뭇하게 웃었다.

사실 복성루로 오면서 음식이 맛없다고 말하면 어떻게 하나라는 걱정을 하고 있었다.

"면도 쫄깃쫄깃하니 탄력이 넘치네요."

"수타면입니다."

"아! 손으로 만드는 거군요."

납득한 차준후가 고개를 끄덕였다.

21세기로 가면 찾아보기 힘든 수타면이었지만 지금은 손으로 면을 뽑는 중국집들이 많았다. 기계면이 아닌 손으로 뽑는 수타면은 특유의 찰진 맛이 존재했다.

정말 오랜만에 먹는 과거의 맛에 차준후가 푹 빠져들었다.

노릇노릇 구워져 있는 군만두의 모습이 입에 침을 고이게 만들었다.

한 입 베어 물자 입에서 바사삭 씹히는 소리가 날 정도로 잘 튀긴 군만두였다.

"군만두도 맛있네요."

차준후의 입에서 만족스러운 미소가 피어났다.

재방문 의사가 있을 정도로 짬뽕과 군만두 모두 만족스러웠다.

"광복회 용산지부장이 이번 기부에 대해 고마워하고 있습니다. 만나 뵙고 감사 인사를 꼭 드리고 싶다고 하던데, 어떠십니까?"

"고문님께서 전면에 나서 주시면 좋겠습니다."

용산 일본군 부대 시설들과 전국의 일본군 형무소들을 매입할 자금을 지불하는 건 차준후였지만 광복회에 기부할 마음이 들게 만든 사람은 반선엽이었다.

이번 일의 주체는 어디까지나 반선엽이라고 생각했기에 차준후가 뒷전으로 물러났다. 전면에 나설 생각이 없었다.

"광복회 사람들이 아주 고마워하고 있습니다. 전국에 있는 일본군 관련된 형무소들을 볼 때마다 광복회 사람들의 속이 뒤집어졌으니까요."

"전국에 있는 형무소 부지를 모두 매입해 달라고 부동산에 대해서 잘 아는 분에게 부탁해 놓았습니다."

차준후는 웃돈을 줘서라도 모든 일본군 부동산을 매입할 생각이었다.

"대표님의 고귀한 뜻을 제가 잘 이야기해 두겠습니다."

반선엽은 차준후의 이번 기부를 많은 사람들이 알게 만들 생각이었다.

* * *

식사를 마치고 회사로 돌아온 차준후가 반선엽과 커피를 마시면서 이야기를 나눴다.

"시대의 흐름은 석탄화학에서 석유화학으로 접어들고 있습니다."

휘발유와 경유는 자동차의 연료로 사용되고 있었고, 석

유 성분들은 플라스틱과 비닐, 아스콘, 비료 등 다양한 곳에 사용되고 있었다.

인류의 핵심 에너지원으로 부상했던 석탄은 주인공 자리를 석유에게 넘겨준 지 오래였다.

"석탄은 강원도 탄광에서 가져올 수 있었지만 석유는 도저히 구할 길이 없어서 석탄화학만 죽어라 연구해 왔지요."

반선엽은 곤경에 처한 대한민국을 돕기 위해 일제강점기 시절부터 석탄화학만 집중적으로 파헤쳐 왔다.

해방 이후에도 석유는 심각하게 부족했다.

이러한 문제를 해결하기 위해 석탄으로 합성석유와 여러 물질을 만들기 위해 몰두해 왔다.

각고의 노력 끝에 석탄을 먼지처럼 잘게 부순 뒤에 고압 상태에서 수소에 작용시켜 액화하는 방법을 알아냈고, 이를 토대로 아크릴과 메탄올을 만들어 냈다.

"석탄화학보다는 석유화학의 전망이 밝습니다."

저렴한 석유가 대량으로 공급되면서 석탄화학 공장들은 문을 닫아야만 했다.

저렴하면서 대량 생산이 가능한 석유화학 공장들과 경쟁할 수 없었기에 2차 세계 대전까지 활발하게 운영되던 석탄화학 공장들은 현재는 가동을 중단한 상태였다.

석유의 중요성은 두말하면 입이 아플 정도이다.

"저도 그 의견에 동의합니다."

반선엽도 석유가 석탄보다 유용하게 쓰인다는 걸 알고 있었다.

"공장에 석유를 정제할 수 있는 시설을 설치할 생각입니다."

"엄청난 거액이 들어갈 텐데요?"

"몇 대의 증류기와 용광로로 시작하면 많은 금액이 들어가지는 않습니다."

차준후는 원유를 정제할 수 있는 시설을 SF 화학에 새롭게 설치할 계획이었다.

처음부터 거창하게 시작하지 않고 작게 시작해서 기술을 차츰차츰 축적해 나갈 생각이었다.

"스카이 포레스트 미국 법인에 석유 정제 전문가와 석유 플랜트를 시공할 수 있는 기술자들을 알아봐 달라고 요청해 뒀습니다."

차준후는 SF 화학에 정유시설을 만들기 위해 미국에서 전문가들을 불러들이려고 했다.

진즉부터 석유 사업의 중요성을 인식하고 있었고, 해외에서 수입하는 석유 부산물들이 아닌 국내에서 생산된 원료를 이용할 수 있게 만들려고 했다.

해외의 입김에 휘둘리지 않기 위해서는 국내 산업 시설 육성이 필요했다. 늘 그랬듯이 해야 한다고 생각되면 속전속결로 움직이는 차준후였다.

SF 화학의 석유 제품 생산은 비록 양이 많지 않다고 해도 해외 업체의 국내 시장 장악을 효과적으로 방비할 수 있었다.

일본의 수출 규제라는 정치적 사건과 함께 국내 업체의 석유 제품 생산은 상징성이 엄청날 수밖에 없었다.

"언제 온다고 합니까?"

반선엽이 관심을 크게 드러냈다.

미국에서 온다는 전문가들과 대화할 생각을 하니 벌써부터 즐거웠다. 국내에는 석유화학에 대해 이야기할 수 있는 전문가들이 거의 없었다.

"석유화학에 대해 잘 아는 전문가들을 찾고 있습니다. 인력이 구해지는 대로 시급히 보내 달라고 했으니 일주일 정도면 국내에 일진이 먼저 도착할 겁니다."

석유산업이 활발하게 펼쳐지고 있는 미국에는 석유 전문가들이 넘쳐 났다.

미국의 거대한 석유회사들이 세계의 석유 시장을 쥐락펴락하고 있는 실정이었다.

석유화학이 크게 발달한 미국에서 수소문을 통해 한국에서 일할 적임자들을 찾고 있었다.

많은 보수와 복지 혜택을 내세우며 전문인력 채용에 나선 미국 스카이 포레스트 법인이었다.

"석유화학 공장 규모는 어느 정도로 할 생각입니까?"

"우선은 하루 1,000배럴의 정유 능력을 갖추는 걸 목표로 하고 있습니다."

"그 정도면 처음치고는 나쁘지 않네요."

1배럴은 약 159리터이다.

석유화학 플랜트가 만들어지면 자동차의 연료인 휘발유와 경우에서부터 수많은 일상 용품에 사용되는 플라스틱, 그리고 화장품에 필요한 필수 원자재까지 생산해 낼 수 있었다.

플랜트 시설을 만들기까지 가야 할 길은 아직은 멀고도 험했다.

그렇지만 뚝심을 가지고 자금력으로 강렬하게 밀어붙이면 조만간 국내 자본으로 만들어지는 최초의 석유화학 플랜트 시설이 SF 화학에 만들어질 게 분명했다.

일단 결정을 내리면 망설이지 않고 빠르게 움직이는 차준후의 성격이 여기에서도 여실히 드러났다. 그의 추진력은 주변 사람들이 놀랄 정도로 빠르고 강력했다.

* * *

시세삼도와 일본 정부의 작당은 한국의 화장품 시장을 잠시 흔들어 놓는 효과를 냈지만, 결과적으로는 커다란 실책으로 작용했다.

일본의 수출 규제는 결과적으로 대한민국 화학공업 육성의 디딤돌이 되어 버렸다.

미국의 에너지 정책 연구기관들은 지금까지 한국의 화학공업에 대해 특별한 관심이 없었지만, 일본의 수출 규제로 인해 다양한 의견을 내놓았다.

[한국과 일본의 관계를 떠나서 한국에 화학공업 시설이 필요하다.]

[일본에 종속된 한국 경제는 미국에도 도움이 되지 않는다.]

[스카이 포레스트의 경우를 봤을 때, 전략적인 화학공업 육성이 미국에 이득으로 작용한다.]

연구기관들의 보고서에는 대한민국 화학공업 육성이 장기적으로 미국에 이득이 된다고 적혀 있었다.

간혹 일본의 로비를 받은 연구기관들이 다른 보고서를 내놓기도 했지만, 대세에는 영향을 미치지 못했다.

일본의 수출 규제 정책은 결과적으로 대한민국의 산업 기초를 튼튼하게 만들어 주고 말았다. 시세삼도를 보호하려고 했다가 큰 손실을 입은 꼴이었다.

미국 정부는 스카이 포레스트의 석유화학 산업 접근에 대한 움직임을 면밀하게 파악하고 있었다.

애초에는 의류와 가발 등의 경공업을 최빈국 대한민국

에 적합한 사업이라고 생각했고, 그에 맞춘 국가 경제 발전 계획안을 제시하고 있었다.

결론적으로, 대한민국의 석유화학 공장 설립은 미국의 계획에 없는 사업이었다.

— 대한민국의 석유화학 공장 설립을 어떻게 받아들여야 하는 거요?

— 이건 스카이 포레스트의 승부수입니다.

— 일본의 수출 규제가 가져온 여파로 보입니다.

— 일본은 왜 조용히 있는 스카이 포레스트를 들쑤셔서 이 난리를 만들어 낸 건지 모르겠네.

— 이번에도 차준후 대표의 까칠한 성격이 여실히 튀어나온 거요. 일본이 화장품 원자재를 가지고 장난치니까, 직접 만들려고 시도하는 겁니다.

— 하여튼 괴팍한 성격이야.

— 괴팍한 게 아니라 비범하다고 말해야 옳습니다. 대놓고 장난을 치는데 가만히 지켜보면 어리석은 거지요. 내가 차준후였어도 석유화학 공장을 만들었을 겁니다.

— 사업을 해 나가면서 더 이상 일본에 종속되어 있지 않겠다는 차준후 대표의 선언입니다.

— 이번에 일본이 좀 심하게 행동한 건 맞지요.

— 일본 내수 시장을 과감하게 공략한 스카이 포레스트에 지레 놀라서 벌인 행동입니다. 일본의 유명한 기업인

시세삼도가 장난을 친 정황을 발견했습니다. 스카이 포레스트에 심각한 타격을 주겠다는 겁니다.

― 일본 정부도 이번 계획에 적극적으로 한 발을 걸치고 있습니다.

스카이 포레스트의 생산 능력을 무력화시키려고 한 일본의 이번 수출 규제에 대해서 미국은 정확하게 파악하고 있었다.

― 스카이 포레스트가 이번에 피해를 많이 볼 것이라고 생각했는데, 아무런 피해 없이 잘나가고 있다는 게 놀랍소.

― 스카이 포레스트는 일본과 격렬하게 싸울 체제를 차근차근 만들어 내고 있소.

― 한국의 석유화학 공장 설립은 허가할 수밖에 없겠군요?

― 허가고 자시고 말할 수도 없습니다. 우리가 막는다면 차준후 대표가 가만히 있겠습니까? 막말로 소련으로 날아가서 기술자들을 데려오고도 남을 사람입니다.

― 음! 그건 그렇겠군요.

― 미국에서 전문가들을 구하지 못하면 유럽에서 기술자들을 초빙할 겁니다. 차준후 대표가 유럽의 대사들과 잦은 접촉을 하고 있다는 걸 잊으면 곤란합니다.

― 그럼 석유화학 공장에 대한 부분은 개입하지 말고

그냥 시장에 맡겨 둡시다.

― 좋은 생각입니다.

스카이 포레스트의 석유화학 공장 설립 추진은 미국에서 각별한 관심을 불러일으켰다.

화학공업은 단순히 그 자체로 그치지 않고 파급 효과가 엄청났고, 중공업으로 넘어갈 수 있는 기틀까지 제공할 수 있었다.

경공업 중심의 한국의 산업체계를 뒤바꿀 수 있다는 소리였다.

산업 불모지나 다름없는 한국의 경제산업이 크게 바뀔 조짐이 보였다.

이런 극적인 변화를 주도하고 있는 건 스카이 포레스트였고, 그 중심에는 바로 차준후가 존재했다.

석유화학 공장은 엄청난 산업 성장의 기반을 제공할 수 있었다.

미국은 동아시아의 자유민주주의 국가들의 경제발전과 함께 지역 내 긴장을 완화시키고자 노력하고 있었다.

― 우리가 주목해야 할 부분은 일본과 한국의 관계입니다.

― 일본과 한국의 관계를 정상화하는 게 우리의 목표요. 양국이 부딪치면 아시아 태평양 전략에 있어서 차질을 빚을 수밖에 없소이다.

미국이 최우선으로 관심을 두고 있는 나라는 일본이었고, 한국은 어디까지나 일본의 다음 순위였다.

일본에 경제적으로 종속되어 있다고 해도 과언이 아닌 상태에서 스카이 포레스트가 수출 규제에 이토록 격렬하게 반발할 줄은 미국 정치권에서도 미처 예상하지 못했다.

미국은 이번 다툼이 커지는 걸 원하지 않았다.

— 일본의 수출 규제에 대해 우리가 넌지시 이야기를 전해 봅시다.

— 자칫 내정간섭으로 비칠 수도 있습니다.

— 양국이 좋게 지내야 공산권 세력의 확장을 막을 수 있어요.

— 스카이 포레스트가 석유화학 공장을 크게 만들면 일본에도 좋지 않은 일이요. 이 부분을 이야기하면 일본도 계속 수출 규제를 하지는 못할 거요.

미국은 한국과 일본의 국교 정상화 계획을 외교적으로 추진하고 있었다.

많은 인력과 자금을 들여가면서 강력하게 공산권 세력의 확산을 막고 있었지만, 이는 미국에도 많은 부담으로 작용했다.

전쟁이 다시 벌어질 가능성이 높은 한반도에서는 한국이 자체적으로 공산권 세력을 막아 주는 것이 미국 입장에서는 최선이었다.

이는 소련의 침략을 걱정해야 하는 일본 역시 마찬가지였다.

미국은 한국과 일본의 긴장을 완화시키고자 꾸준하게 노력하고 있었고, 경제 발전을 이룩할 수 있게 돕고 있었다.

한국의 경제가 발전하려면 일본과의 국교 정상화가 필수라고 미국은 판단하고 있었다.

그리고 일본도 지속적인 경제 성장을 위해서는 한국이 필요했고, 미국은 두 국가의 경제 성장과 국방력 강화 등을 원했다.

그렇기에 미국 정치권에서는 물밑에서 양국 정치권 인사들에게 국교 정상화에 대한 필요성을 은근히 강요하고 있었다.

* * *

차준후는 늘 그랬듯이 적극적으로 할 일을 마친 뒤에 SF 화학의 업무를 반선엽에게 일임했다.

강력한 대응을 준비해 두었다고 말하면서 용산으로 출퇴근했다.

- 석유화학 플랜트 시설에 대해 알아봐 주세요.

석유화학 플랜트 시설에 대한 부분을 미국법인의 책임자로 있는 토니 크로스 상무에게 부탁해 놓았다.

고분자화합물 전문가인 토니 크로스였기에, 석유화학 플랜트 분야에 있어서도 나름 알고 있는 게 많았다.

스카이 포레스트의 임원으로 활동하면서 많은 사람들을 만나게 됐고, 토니 크로스는 스카이 포레스트 미국 법인을 실질적으로 책임지면서 어느새 미국 경제계와 석유화학 업계에서 인정받는 인물이 되어 버렸다.

비참하게 회사를 빼앗기고 경제계에서 은퇴해야만 했던 토니 크로스의 불운한 과거는 완전히 사라졌다.

토니 크로스는 차준후를 만나면서 화려한 시간을 보내고 있었다.

- 자금 집행은 얼마나 어떻게 사용하면 됩니까?
- 하루 천 배럴 생산을 목표로 하는 것 외에는 상무님 재량껏 진행하시면 됩니다.
- 제가 처리하기에는 사업 규모가 너무 큽니다. 대표님이 미국으로 오셔서 진행할 일입니다.
- 상무님이라면 잘하실 수 있습니다. 믿습니다.

미국과 한국으로 많은 서신들이 오고갔다.

차준후는 임원들에게 막대한 권한을 주었다.

권한이 높은 만큼 책임감도 그에 비례해서 많아졌는데, 화려한 임원의 삶 이면에는 이처럼 분주한 움직임이 필수적으로 뒤따랐다.

- 일이 너무 많다고요. 이러다가 병을 치료하기 전에 과로사할 정도입니다.

- 모든 일을 직접 처리하려고 하지 마세요. 저처럼 아랫사람을 잘 활용하세요.

병원에서 치료받으면서 추진력이 강력한 차준후의 지시를 수행하고, 미국 법인을 운영하는 등 몸이 열 개라도 부족한 토니 크로스였다.

- 아랫사람이 일을 잘못해서 회사가 어려워지면요? 위험이 따를 수 있습니다.

미국 법인의 일인자인 토니 크로스는 부하들을 효율적으로 다루지 못하고 있었다.

지독한 트라우마 때문이었다.

직장 동료이자 부하였던 절친한 친구의 배신으로 인해 사람에 대한 믿음이 상당히 사라진 상태였다. 그렇기에 아픈 몸을 이끌고 직접 움직이면서 많은 일들을 처리해 나갔다.

- 사람을 지나치게 경계하지 마세요. 조금 위험해지면 어떻습니까? 그때는 제가 직접 미국으로 가서 문제된 일들을 처리하겠습니다.

편지에 적힌 내용을 보면서 토니 크로스가 하얀 이를 드러내며 웃었다.

마음 한구석에 있던 불안감이 싹 사라진 것이다.

미숙하고 부족한 그로 인해 스카이 포레스트 미국 법인에 문제가 발생할 수 있었지만, 그의 뒤에는 든든한 차준후가 버티고 있었다.

스카이 포레스트 미국 법인이 석유화학 플랜트 시설과 장비를 알아보고, 배관공과 석유화학 전문가 등을 구하기 위해 자금을 엄청나게 투입했다.

대한민국의 석유화학 공장을 최대한 빠르게 구축할 수 있도록 만들라는 차준후의 지시 덕분에 토니 크로스가 법인에 넘쳐 나는 자금을 시원하게 사용하였다.

토니 크로스는 돈이 아니라 시간 낭비를 최소화하고자 하는 차준후의 성격을 잘 알고 있었다.

동종업계 최고의 보수!

환상적인 복지 혜택!

최빈국 대한민국에서 근무해야 한다는 부분이 걸림돌로 작용했지만, 엄청난 보수와 복지는 그런 단점을 메우고도 남았다.

미국 굴지의 정유회사에서 근무하는 사람들이 SF 하하에서 일하고 싶다고 신청했다.

미국 석유화학 공장과 정유 업계에 스카이 포레스트가 돈으로 인재들을 빼앗아 간다는 소문이 돌았다.

전문가들을 끌어들이는 스카이 포레스트의 광폭한 움

직임이 업계의 문제로 떠올랐다.

시간을 단축하기 위해 토니 크로스가 막대한 자금을 집행하고 있었고, 이로 인해 기존의 직장에서 이탈하는 석유화학 전문가들이 늘어나고 있었다.

미국 석유화학 기업들에 스카이 포레스트 경계령이 발생했다. 그럼에도 불구하고 작정하고 밀어붙이는 스카이 포레스트로 인력들이 꾸준하게 빠져나갔다.

그리고 이런 사람들 가운데 앤디 사무엘이라는 엔지니어 겸 석유화학의 새로운 시스템 개발 능력을 지닌 전문가가 SF 화학에 합류하겠다고 나섰다.

"함께합시다. 마지막으로 질문하고 싶은 내용이 있습니까?"

토니 크로스는 앤디 사무엘을 채용하기로 결정을 내렸다.

플랜트 시설 기술자인 동시에 석유화학 전문가였기에 이제 막 석유화학 공장을 새롭게 짓는 SF 화학에 안성맞춤인 인재였기 때문이었다.

"연구 개발 비용은 충분하게 지원해 줍니까?"

앤디 사무엘이 물었다.

"충분하게요? 연구 개발에 있어서 충분이라는 말을 사용할 수가 있나요? 연구원이라면 언제나 더욱 많은 연구비를 원해야 정상입니다."

토니 크로스는 연구와 개발을 활발히 해 봤기에 연구비가 많으면 많을수록 좋다는 걸 잘 알았다.

깨진 독에 물 붓기라고 할까?

연구는 돈을 무한대로 처먹는 저금통이나 마찬가지였다. 연구비를 잔뜩 사용할수록 새로운 길을 발견할 가능성이 높아진다.

연구 개발 경쟁에서 다른 기업보다 앞서 나가기 위해서는 막대한 연구비가 요구됐다. 새롭고 뛰어난 기술을 개발하라고 닦달하면서도 막대한 연구비를 대부분의 경영진들은 부담스러워한다.

연구원들은 믹서기 안에서 피땀을 흘려 가며 갈려 나가는 신세였다. 학대받는 현실이 더러워서 사표를 내던진 앤디 사무엘이었다.

"하하하! 맞습니다. 제가 질문을 잘 못했네요."

"회사 대표인 차준후는 사업가가 아니라 연구원에 더욱 어울리는 사람입니다."

"그런가요?"

"직접 만나 보면 단번에 아실 겁니다."

"천재 연구원이라는 사실을 들어서 알고 있습니다. 혁신적인 화장품을 지속적으로 출시하는 걸 보고서 놀라기도 했고요."

"회사의 신제품들은 모두 대표의 입김이 들어간 것들

입니다. 스카이 포레스트의 화장품 개발진과 연구진들은 아직까지 제대로 된 성과를 내지 못하고 있어요."

"SF 화학에 취업지원서를 낸 이유에는 대표가 연구원 출신이라는 점도 한몫을 했습니다."

"개인적인 경험을 이야기해 보자면 스카이 포레스트에 합류하고 난 뒤에 연구비에 있어서 부족함을 느끼지 못했습니다."

"저도 그렇게 될까요?"

"제가 장담하죠. 설득하는 건 당신의 몫이겠지만 차준후 대표가 필요성을 느끼면 아주 화끈하게 밀어줄 겁니다."

"당장 한국으로 가겠습니다."

그가 잘 다니던 스탠드 오일 정유회사를 때려치우고 나온 데에는 새로운 정유 시스템을 개발하는 과정에서 회사와 다른 생각을 가지고 있었기 때문이었다.

석유 분리 방법을 새롭게 개발하기 위해서는 막대한 연구 비용이 들어가기 마련이었다.

그렇지만 기존의 스탠드 오일은 연구 비용을 지불하는 것에 너무 인색했다.

개발에는 실패가 동반되는 것이 당연함에도 불구하고 성공 가능성과 비용을 지나치게 따졌다.

물론 앤디 사무엘이 많은 실패를 거듭하면서 회사에 엄

청난 손해를 끼쳤다는 잘못도 컸다.

 새로운 석유 분리법을 완성하면 효율을 크게 높일 수 있지만 아직도 수많은 난관을 넘어서야만 했다.

 앤디 사무엘은 마음껏 연구하고 싶었지만, 주변 환경 때문에 압박을 받아야만 했다. 그러다가 SF 화학이 연구원을 모집한다는 이야기를 듣고 곧바로 스탠드 오일에 사표를 내던졌다.

 "결정하자마자 행동으로 나서는 모습이 차준후 대표와 잘 어울리겠네요."

 "한국에는 빨리빨리라는 문화가 있다죠? 기대됩니다. 하하하."

 앤디 사무엘이 SF 화학의 직원으로 채용되자마자 곧바로 비행기에 몸을 실었다.

* * *

 구름 한 점 없는 맑은 2월의 어느 날.

 SF 화학 공장 앞에 금발 외국인이 실망한 표정으로 서 있었다.

 "작을 것이라는 생각은 했지만, 이 정도일 줄은 몰랐네."

 앤디 사무엘의 눈에 비친 SF 화학의 플랜트 시설은 실망 그 자체였다.

녹이 슬어 붉은빛을 내는 파이프라인과 왜소한 굴뚝은 1930년대 방식의 구형이었다.

"어디서 오셨는지?"

정문 앞을 오가며 중얼거리고 있는 앤디 사무엘에게 경비원이 다가와서 물었다.

"What? Do you speak English?"

"잠시만요. 영어 회화가 가능한 사람을 불러오죠."

경비원이 내선전화로 도움을 요청했다.

때마침 SF 화학에 와있던 차준후가 반선엽을 대동하고 직접 정문으로 왔다.

편지로 스탠드 오일에 근무했던 기술자 겸 연구원이 온다는 소식을 접했기에 방문객이 앤디 사무엘이라는 걸 알고 있었다.

"환영합니다."

차준후가 영어로 앤디 사무엘을 반겼다.

"차준후 대표님?"

"제가 차준후입니다. 앤디 사무엘이시죠?"

"맞습니다."

"안으로 들어가서 이야기합시다."

"사무실이 아니라 공장 내부를 먼저 살펴봤으면 합니다."

"그럽시다."

두 사람이 영어를 주고받으면서 SF 화학 공장을 살펴보기 시작했다.

석탄화학 플랜트 시설도 기본적으로는 석유화학과 크게 다르지 않았다.

파이프라인, 고온과 고압의 공정 설비 등이 복잡하면서도 어지럽게 연결되어 있었다.

모르는 사람이 보면 복잡하게 보일 뿐이지만 전문가인 앤디 사무엘은 한눈에 공정의 흐름을 파악했다.

"사람의 손길이 많이 가는 1930년대의 구닥다리 시설이네요. 지금은 원유 투입과 제품 생산까지 원스톱으로 이뤄지고 있습니다."

앤디 사무엘이 불만스러운 표정으로 말했다.

석탄 석유화학 산업은 고온과 고압 공정이 많아 사고 위험성이 높았다.

게다가 대부분의 작업이 수작업이었다.

사고의 위험이 높을뿐더러 규모도 커서 잘못하면 공장 전체를 날려 먹을 수도 있었다.

"제가 원하는 시스템이 바로 원스톱입니다."

차준후가 격하게 반응했다.

원스톱!

버튼 하나만 눌러서 모든 걸 통제할 수 있다는 소리였다.

이 얼마나 달콤한 말인가?

"플랜트를 원스톱으로 설치하려면 비용이 엄청나게 들어갈 텐데 괜찮겠습니까?"

앤디 사무엘의 눈빛이 뜨거워졌다.

새로운 석유화학 플랜트 공장을 만든다는 건 기술자에게 있어 환상적인 일이었다.

그 과정에서 기존에 하지 못했던 새로운 기술을 접목해서, 기존의 기술을 뛰어넘을 수 있는 마법과도 같은 일이 일어날 수도 있었다.

"최신 원스톱 시스템을 설치하는 데 필요한 비용은 신경 쓸 필요가 없습니다. 사람의 손길을 최소화하는 게 옳다고 생각합니다."

차준후의 표정이 환해졌다.

"비용을 떠나서 최신 설비를 원하신다는 말씀이시죠?"

"저는 자동화 설비에 관심을 많이 가지고 있습니다. 관리실에서 컴퓨터를 이용하여 버튼 하나만 눌러서 모든 걸 통제할 수 있는 시스템을 갖추는 게 목표이지요."

차준후의 머릿속에는 자동화 공장, 원스톱 공장이 눈에 잡힐 듯이 그려졌다.

공장의 원스톱 시스템은 21세기에 아주 흔하게 볼 수 있는 공정이었다.

"컴퓨터라고요?"

"컴퓨터가 이상합니까? 미국에서 사용하고 있을 텐데요?"

컴퓨터!

기술자와 연구원들에게 컴퓨터라는 단어는 마법과도 같았다.

"대표님도 컴퓨터를 아십니까?"

차준후를 뚱하게 바라보던 앤디 사무엘의 눈초리가 바뀌었다.

"모르지는 않죠."

컴퓨터를 간절히 원하고 있는 차준후였다.

21세기 컴퓨터만 있다면 지금처럼 답답하게 지내지 않을 텐데…….

"일반인은 접하기 어려운 컴퓨터를 대표님은 잘 알고 계신 것처럼 말씀하시네요?"

"관심을 가지고 있기에 공부한 적이 있습니다."

차준후가 두루뭉술하게 대답했다.

"관리실에 컴퓨터를 설치하겠다는 게 정말이십니까?"

컴퓨터로 공장을 통제할 시스템을 만든다고?

컴퓨터를 어느 정도 알고 있는 그로서도 엄두가 나지 않는 일이었다.

"앞으로는 컴퓨터의 시대가 올 겁니다. 스카이 포레스트는 컴퓨터를 적극적으로 도입할 생각입니다."

"ICM에서 컴퓨터를 판매하고 있는데, 가격이 엄청나게 고가입니다."

1960년대에 ICM은 컴퓨터 하드웨어와 제조업체로서 선진 기술과 혁신을 주도했다.

미국에서는 컴퓨터 산업이 빠르게 성장하려 하고 있었다.

ICM이 개발한 대형 컴퓨터는 기업과 정부 기관에서 중요한 역할을 하고 있었다. 그렇지만 엄청난 고가이기에 컴퓨터를 이용하는 기업들은 이름만 대도 알 정도의 대기업들이었다.

스탠드 오일도 대형 컴퓨터를 손가락에 꼽을 정도로만 보유하고 있었고, 연구 때문에 컴퓨터를 이용하기 위해서는 윗선에 허락을 구해야만 했다.

"그 정도 비용은 가볍게 지불할 수 있습니다."

차준후는 필요하다고 생각된 컴퓨터에 돈을 아끼지 않았다.

"헉! 정말입니까?"

앤디 사무엘이 크게 놀랐다.

컴퓨터로 복잡한 플랜트 시설을 통제하는 관리실이라니!

컴퓨터 한 대를 만드는 데 있어 엄청난 자금이 들어간다. 컴퓨터를 만들 수 있는 업체들은 극소수였고, 판매

금액은 그야말로 천문학적이었다.

생각만 해도 전율이 밀려왔다.

그 역시 최신 기술과 설비 등을 열린 마음으로 받아들이고 있었지만 차준후가 생각하는 건 자신보다 훨씬 앞선 방향이었다.

"컴퓨터를 몇 대나 구입하실 생각이십니까?"

"몇 대나 필요합니까?"

"연구를 위해 한 대는 필요합니다. 저는 새로운 플랜트 시설을 연구하고 있습니다. 플랜트 배관의 선형 및 증류탑과 취득량 증가 그리고 생산 수율 향상 등을 위해서는 컴퓨터 한 대가 반드시 필요합니다."

그는 컴퓨터로 새로운 플랜트 모형을 만들어서 제대로 작동하는지를 연구했다.

사용할수록 컴퓨터의 효용에 대해 깨닫게 됐다.

프로그램에 문제가 있어서 연구 결과에 착오가 발생했지만, 컴퓨터는 시간과 실수를 크게 줄여 줬다.

컴퓨터를 이용하려는 직원들은 줄을 섰고 당연히 앤디 사무엘의 컴퓨터 이용 시간은 많지 않았다.

컴퓨터만 온전하게 활용했다면 앤디 사무엘은 진작에 새로운 플랜트 방법을 개발해 냈을지도 몰랐다.

"연구용으로 한 대를 배정하겠습니다. 미국 법인에 컴퓨터 구매를 요청하겠습니다."

차준후가 시원하게 결정했다.

컴퓨터로 새로운 플랜트 개발을 앞당기겠다는 생각도 있었지만 1961년의 컴퓨터가 어떤 모습인지 궁금하기도 했다.

"감사합니다. 최선을 다해서 일하겠습니다."

앤디 사무엘에게서 방금 전까지 시큰둥하던 모습을 찾아볼 수 없었다.

연구원들만을 위한 전용 컴퓨터라니!

이런 연구소는 경제적으로 풍족한 미국에서도 찾아보기 힘들었다.

'연구원이 더 어울리는 대표라더니! 정말이었구나.'

토니 크로스의 이야기가 그의 뇌리에 떠올랐다.

천문학적인 가격의 컴퓨터 구매로 그 사실이 단번에 증명됐다.

"앞으로도 필요한 게 있다면 주저하지 말고 이야기하세요."

"네."

"인사 나누세요. 옆에 계신 분은 반선엽 고문이십니다. 앞으로 같이 많은 일을 해야 할 사이입니다."

"만나서 반갑습니다. 앤디 사무엘입니다. 앞으로 잘 부탁드립니다."

앤디 사무엘이 싱긋 웃으며 반선엽에게 인사했다.

"허허허! 앞으로 잘 지내 보세. 기대가 많다네."

반선엽도 영어로 대화가 가능했다.

석탄화학을 배우기 위해 원서를 보면서 공부했기에 영어로 말하는 데 있어 크게 어려움을 느끼지 않았다. 영어에 능숙했기에 주한미군과의 통역사로 활동하기까지 했다.

"석유화학 플랜트 공장을 짓는 데 시간이 얼마나 소요됩니까?"

차준후가 물었다.

"1,000갤런 플랜트 공장의 경우 미국에서는 2년 정도 걸리는 편입니다."

"건설 속도를 더 빠르게 할 수는 없나요?"

"미국에서 많은 기술자들을 초빙하고, 작업 인부들을 잔뜩 투입하면 가능합니다."

앤디 사무엘이 호언장담했다.

자금과 인력만 있으면 공장 건설 기간을 단축시킬 수 있었지만 몇 배나 많은 돈을 투자해야 한다.

"가능하다면 일 년으로 줄여 볼 수 있도록 해 주세요."

차준후가 건설 비용을 아끼지 않고 투입하기로 했다.

석유화학 공장을 빨리 가동시키면 그만큼 많은 이득을 얻을 수 있었다.

차준후에게 있어서 시간이 곧 돈이었다.

"증명해 보이겠습니다."

앤디 사무엘이 빠른 완공 주문을 반겼다.

석유화학 공장이 빨리 완공되면 그 역시 새로운 연구를 원활하게 할 수 있었기 때문이었다.

스카이 포레스트 화장품의 원료 생산을 든든하게 뒷받침할 수 있는 대한민국 최초의 석유화학 플랜트 시설이 빠르게 설치되려 하고 있었다.

정유공장으로 국내에 휘발유와 경우 등을 공급할 수도 있는 획기적인 일이었다.

"연구비가 많이 필요하다고 했죠?"

"많으면 많을수록 더 효과적인 연구를 할 수 있습니다."

"보고서로 제출하세요. 필요하다고 생각되면 더 많은 연구비를 지원하겠습니다."

차준후는 보고서에 좋은 내용들이 많이 담기기를 원했다.

연구비를 아낌없이 투입해서 혁신적인 제품 개발로 이어졌으면 했다.

개발 필요성만 있다면 설령 개발이 실패한다고 해도 투자할 마음이 있었다.

"감사합니다. 며칠 내로 보고서를 작성하여 결재를 올리겠습니다."

앤디 사무엘은 연구비에 대한 투자를 아끼지 않는 제대로 된 대표를 만났다고 느꼈다.

스탠드 오일에 사표를 내고 한국으로 날아올 때만 해도 일말의 걱정이 있었던 것도 사실이었다.

그러나 지금은 그런 걱정이 기우에 불과했다는 걸 알게 됐다.

사표를 내기 전에 스탠드 오일에서 연구비를 타 내려면 윗선과 싸우다시피 해야만 했다.

꿈에 그리던 컴퓨터!

아직 받지는 못했지만, 필요성을 느끼면 제한 없이 지급한다는 연구비!

천문학적인 컴퓨터까지 구매해 주는 차준후가 연구비를 가지고 장난을 칠 것 같지는 않았다.

스탠드 오일에서 천덕꾸러기 신세였던 앤디 사무엘이 SF 화학에서 진한 행복감을 느꼈다.

"연구하고 있는 플랜트 공법을 조속한 시일 내에 성공시키겠습니다. 성공만 하면 석유화학 플랜트 방법에 새로운 장이 열릴 겁니다."

앤디 사무엘은 손에 잡힐 것만 같았던 플랜트 공법을 SF 화학에서 완성할 것만 같은 느낌을 받았다.

"기대하겠습니다. 말한 대로 성공하시면 평생 돈 걱정하지 않고 연구만 할 수 있게 해 드리겠습니다."

"약속하셨습니다."

차준후와 앤디 사무엘이 마주 보면서 환하게 웃었고, 그 옆에서 반선엽도 웃고 있었다.

연구원들끼리 통하는 바가 있었다.

* * *

국내 최초의 석유화학 정유시설이 설립 추진된다는 소문이 돌았다.

소문의 진원지는 SF 화학이었다.

석유화학은 폭발적인 경제 성장을 할 수 있는 산업이었고, 이웃 나라인 일본에서는 중화학공업을 바탕으로 한 고도 경제 성장을 잘 보여 주고 있었다.

석유화학 공업은 최빈국인 대한민국이 선진국으로 나아갈 수 있는 가장 빠른 길이었다.

- 석유화학 공장 건설에 기필코 참여해야 한다.
- 플랜트 시공에 참여할 수 있으면 무조건 남는 장사다.
- 돈을 주고서라도 배워야 하는 기술이다.
- 플랜트 시설을 직접 설계하고 건설할 수 있는 기회의 장인 것이다. 세계를 무대로 각종 플랜트 프로젝트를 수행할 수도 있다.

세계적으로 석유화학 공업이 크게 발전하고 있었고, 경제를 성장시키기 위해 각국에서는 플랜트 프로젝트를 진행하고 있었다.

플랜트 시공 기술은 국내 건설업계의 위상을 몇 단계 높여 줄 수 있는 선진기술이었다.

당연히 건설 회사들이 모두 플랜트 사업에 참여하기를 희망했다. 스카이 포레스트 그리고 차준후와 관계를 맺고 있는 기업들은 모두 연락을 해 왔다.

"대표님, 성삼그룹 회장님이 점심 식사를 함께할 수 있는지 문의해 오셨습니다."

종운지가 메모했던 내용들을 차준후에게 보고했다.

"아! 지금 그분과 식사하면 불편할 것 같으니까, 나중에 여유가 있을 때 연락드린다고 전해 주세요."

"대현의 정영주 회장님께서 미리내 요정에서 식사할 수 있는지 문의하셨습니다."

"음! 다른 곳들에서도 연락이 많이 왔나요?"

"국내 건설업체들에서 모두 연락이 왔다고 생각하시면 됩니다."

"음! 시간이 없다고 전하세요. 밥 먹다가 체하고 싶지 않으니까요."

차준후는 석유화학 플랜트 사업에 관심을 가지고 있는 사람들과 식사 자리를 가지고 싶지 않았다. 불편한 자리는 눈치 보지 않고 대놓고 거절했다.

새로운 시장과 기술을 선점하려는 국내 건설 업체들의 구애는 계속됐다.

차준후 역시 플랜트 시공 기술의 밝은 미래에 대해 절대적으로 확신하고 있었기에 차분하게 어떤 업체들과 함께 일할지 고민했다.

그의 선택에 따라 건설 업체들의 미래가 바뀌게 된다.

백호백돌은 어느새 유명한 건설사가 되어 있었고, 처음 차준후가 보도블록을 깔아 달라고 했을 때에 비해 족히 100배는 성장했다.

매출이 급성장하고, 이에 따라 기존의 벽돌 공장도 신축해서 생산량을 늘렸으며, 직원들의 숫자도 엄청나게 증가했다.

플랜트 건설 참여는 백호벽돌이 지금껏 얻은 모든 것들보다 훨씬 더 큰 기회였다. 플랜트 시공에 관련된 일부 기술만 배워도 사용하거나 응용할 곳이 엄청나게 많았다.

건설 업체에게 플랜트 시공에 참여했다는 건 훈장이나 마찬가지였다.

남들에게 보란 듯이 플랜트 시공 경험을 알릴 수도 있고, 아직 미래의 일이지만 저렴한 인건비를 바탕으로 해외 수주에 나서면 미친 듯이 시공 주문이 쏟아져 들어올 수도 있었다.

석유화학 플랜트 공장 신설로 국내가 들썩거리는 가운데 많은 업체들이 복잡하게 엮이기 시작했다.

* * *

스카이 포레스트에 여러 계열사들이 생겨나고 있었다.

화장품에 전념하고 싶은 차준후였지만 열악한 국내 환경과 해외의 여러 사정 때문에 하나둘씩 계열사들이 늘어났다.

외부에서 보면 문어발처럼 보일 수도 있었지만 화장품 사업을 진행하면서 우여곡절 끝에 발생하는 현상이었다.

원하지 않아도 SF 화학처럼 알아서 차준후의 품으로 안겨 들어왔다.

차준후는 계열사들의 운영에 최소한도로 개입하는 걸 원칙으로 하고 있었다.

SF 화학도 기존의 대표였던 반선엽에게 전폭적인 신뢰와 권한을 줬다.

한 번 믿는 사람에게는 과감하게 대놓고 밀어주는 성격이었다.

한국 경제의 패러다임을 바꿀 수 있는 석유화학 산업이 유망하다는 건 알고 있었지만 어디까지나 본업은 화장품이었다.

 차준후는 석유화학 산업에 대한 부분은 고문 반선엽과 새롭게 참여한 수석 엔지니어 겸 연구원인 앤디 사무엘에게 일임하였다.

 사업에 대한 굵직한 부분을 조율하기는 했지만 사소한 부분들은 두 사람의 몫으로 떠넘겼다.

 앤디 사무엘은 추진력에 있어서 차준후를 뛰어넘는 능력을 지녔다. 반선엽과 협의해 가면서 미국에 알고 있는 수많은 지인들을 통해 플랜트에 관련된 사업을 번개처럼 진행시켰다.

짝퉁

 일본 도쿄도 주오구 긴자.
 도쿄의 대표적인 번화가로, 가장 많은 명품 매장들이 밀집되어 있는 곳으로 유명하다.
 일본에서 가장 땅값이 비싼 지역을 거론할 때 항상 빠지지 않고 등장한다.
 일본에서 손꼽히는 상업지구인 긴자에는 오늘도 평소처럼 수많은 사람들로 붐볐다.
 큰길과 뒷골목으로 이어지는 거리에는 전통을 고스란히 보여 주고 있는 노포들과 최근에 생긴 세련된 상점들이 뒤섞여 있었다.
 긴자는 일본의 과거와 현재 그리고 미래를 보여 주고 있는 곳이었다.

미국과 유럽의 최신 패션을 보여 주고 있는 옷 가게들이 보였고, 그 옆에 일본의 전통복인 기모노를 판매하는 상점이 붙어 있었다.

 명품관들이 즐비한 긴자에서 가장 많이 팔리는 상품 가운데 하나가 바로 화장품이었다.

 최신 유행하고 있는 화장품을 구매하기 위해 긴자 거리를 찾는 여성들도 상당히 많았다.

 "스카이 포레스트 화장품 있나요?"

 귀엽게 생긴 두 명의 젊은 여성이 화장품 매장으로 들어와서 물었다.

 "죄송합니다, 손님. 저희는 한국 제품을 취급하고 있지 않습니다."

 "그럼 다른 매장을 찾아가 봐야겠네."

 "다음에 올게요. 수고하세요."

 두 여성이 밖으로 나가려고 했다.

 "왜 품질이 떨어지는 한국 화장품을 찾는 거죠?"

 상점 여직원이 다짜고짜 스카이 포레스트를 비난했다.

 그녀의 말에는 한국산 화장품을 구매하려고 하는 여성들을 힐난하는 감정도 녹아들어 있었다.

 이 직원은 세계적으로 유명한 스카이 포레스트를 단순히 한국의 기업이라는 사실만으로 깔보고 있었다.

 "좋은 화장품을 찾는데 나라를 따져 가며 구매해야 하

나요? 어느 나라 화장품인지는 상관없어요. 유럽과 미국 제품은 비치하면서 한국산이라고 차별하는 건 말이 안 되죠."

"불평하는 건 자유지만 제대로 알아보고 말하세요. 한국 제품이라고 무조건 좋지 않다고 말하는 건 잘못된 거예요."

패션과 미용에 관심이 있는 사람이라면 미국에서 돌풍을 일으키고 있는 스카이 포레스트를 모를 수가 없었다.

"한 번 써 보면 좋다는 걸 바로 알 수 있어요."

"장담해요. 쿠션과 SF-NO.1 밀크를 한 번이라도 사용하면 절대 지금처럼 말할 수 없어요."

평범한 사람이라면 모를까, 화장품 매장에 근무하는 점원이라면 스카이 포레스트에 대해서 알고 있어야만 했다.

"앞으로 여기는 오지 말아야겠다."

"동감이야."

스카이 포레스트 화장품에 대한 믿음이 대단한 두 여성이 매장 밖으로 나갔다.

"대체 한국 화장품이 얼마나 좋다고 저러는 거야?"

점원이 눈살을 찌푸리며 툴툴거렸다.

"여기에 쿠션 화장품 있나요?"

새롭게 매장 안으로 들어온 중년 여성이 점원에게 물었다.

점원이 잠시 복잡한 표정으로 여성을 바라보다가 입을 열었다.

"고객님, 죄송하지만 스카이 포레스트 제품은 매장이 비치되어 있지 않습니다."

그녀는 방금 전에 있었던 일로 함부로 말해서는 안 된다는 걸 깨달았다.

"아! 그래요. 수고하세요. 사용하기 편하면서 좋다기에 한 번 사용해 보려고 했는데 구매하기가 정말 힘드네."

중년 여성이 혼잣말처럼 중얼거리면서 밖으로 나갔다.

"정말 좋은 모양이네……."

여직원의 마음속에서 한국산 화장품은 조악하면서 별 볼 일 없다는 편견이 깨어졌다.

"대로변 말고 안으로 들어가 보자. 안쪽 상점에는 스카이 포레스트 화장품이 있을 거야, 미유키!"

"마코! 오늘은 꼭 쿠션과 밀크를 구매해서 돌아가자. 저번에 구입했던 두 화장품들은 언니들에게 빼앗겼단 말이야."

대로변의 화장품 매장에서 점원에게 스카이 포레스트에 대해 강연했던 두 여성이 긴자의 안쪽으로 향했다.

"회사원들이 엄청나게 많네?"

"점심시간이잖아. 근처에 있는 건물들에서 회사원들이 잔뜩 쏟아져 나온 거잖아."

"대학교를 졸업하면 긴자에 있는 회사로 취직됐으면 좋겠다."

"열심히 공부하면 취직할 수 있어. 요즘 경기가 좋아져서 기업들이 직원을 많이 뽑고 있잖아."

대학 4학년생으로 올라서는 그녀들의 가장 큰 관심사는 취직이었다.

긴자 상업지구에 있는 회사들은 대부분 일본에서 유명한 기업들이었다.

긴자의 보증금과 월세가 어마어마했기에 어지간한 회사들은 버틸 수가 없었다.

긴자에 위치한 회사를 다닌다고 하면 주변 사람들에게 성공했다고 인정을 받기도 했다.

"스카이 포레스트 화장품은 다 좋은데 구매하기가 너무 힘들어."

"맞아."

두 여인이 대화를 나누면서 걸어가고 있을 때였다.

"혹시 스카이 포레스트 제품을 찾고 계신가요?"

깔끔한 외모의 여성이 그녀들에게 접촉을 시도해 왔다.

"그런데요?"

"손님들은 운이 좋네요. 어제 스카이 포레스트 제품을 대량으로 들여왔어요."

그녀는 이른바 손님들을 매장으로 안내하는 호객꾼이었다.

"쿠션과 밀크도 있나요?"

"물론이죠. 가장 잘나가는 베스트셀러들이잖아요."

"미유키! 여기서 구매하자."

"좋아. 안내해 주세요."

"따라오세요. 조금 더 안쪽으로 들어가야 저희 매장이 있어요."

두 여성이 호객꾼을 따라 움직였다.

긴자의 골목길 안쪽에 위치한 매장에는 해외 명품 브랜드 로고가 박힌 가방과 시계, 박스 등이 가득 놓여 있었다.

"와아! 유명한 회사 제품들이 많네요."

"보는 눈이 있으시네요. 우리 매장은 높은 품질을 가진 제품들만 취급하고 있어요."

"이런 매장이 있는 줄 몰랐어요. 여기 진짜 좋다. 미유키!"

"이건 저번에 잡지에서 본 최신 가방이야."

마코와 미유키가 이름만 들어 봐도 알 만한 유명 제품들을 보면서 군침을 흘렸다.

"언제부터 영업을 한 건가요?"

"매장을 오픈한 지는 일주일이 되지 않았어요. 그래서

제가 대로변까지 나가서 매장을 홍보하고 있는 거지요."
"화장품들은요?"
"화장품은 저기 안쪽에 있어요."
호객꾼이 두 사람을 매장 한쪽으로 안내했다.
밝은 조명 아래 유리 진열장에서 쿠션과 SF-NO.1 밀크를 비롯한 제품들이 반짝반짝 빛나고 있었다.
진열장 안에는 스카이 포레스트 제품 외에도 해외의 유명한 화장품들이 잔뜩 진열되어 있었다.
"쿠션과 밀크를 주세요."
"저도요."
"여기 있습니다."
호객꾼이 종이 박스로 포장되어 있는 물건을 두 여성에게 건넸다.
"이거 얼마예요?"
"스카이 포레스트는 어느 매장을 가나 똑같은 균일가격이에요. 그렇지만 매장 오픈 기념으로 10% 세일을 해드릴게요."
"정말요?"
미유키와 마코가 흥분을 감추지 못했다.
부모님에게 용돈을 받아서 생활하고 있는 그녀들에게 10% 세일은 결코 적은 금액이 아니었다.
"언니들이 스카이 포레스트 화장품을 구매해 달라고

했는데, 정가에 구매했다고 하면 되겠다."

"우리 엄마도 밀크를 구한다고 하셨어."

세일에 현혹된 두 여인이 수중에 가지고 있는 돈을 탈탈 털어 가면서 화장품을 구매했다.

"감사합니다, 고객님들."

"다음에 다시 찾아올게요."

"오늘 정말 고마웠어요."

"고객님들의 재방문을 기다리겠습니다."

대로변까지 따라 나온 호객꾼이 두 여인을 친절하게 배웅해 줬다.

두 여인이 멀어져 가는 모습을 본 호객꾼의 입매가 비틀렸다.

"또 한 건 했네. 스카이 포레스트 제품이라고 하면 껌뻑 죽는구나."

매장에 있는 제품들은 디자인은 물론 색상까지, 진품을 그대로 베낀 가품들이었다.

이른바 짝퉁 제품들인 것이다.

스카이 포레스트 제품 포장지와 용기들을 제작하는 협력업체들은 일본 기업들의 장비와 기술을 사용하고 있었고, 실제로 일본 기업들과 협력을 진행하기도 했다.

이로 인해 일본 기업들은 스카이 포레스트의 포장지와 용기 제작에 대한 지식과 기술을 가지고 있는 상태였다.

일반인들이 분간하기 힘들 정도로 유사한 포장지를 두른 용기 안에는 정품과 달리 값싼 성분의 물질로 범벅이 되어 있었다.

스카이 포레스트 화장품을 베낀 이른바 짝퉁이 일본에 범람하였다.

위조품이 잘나가고 있는 스카이 포레스트의 앞을 가로막았고, 유통 질서 교란뿐만 아니라 소비자들의 건강에도 악영향을 끼쳤다.

그리고 정교하게 만들어진 위조품들이 한국에도 들어오기 시작했다.

* * *

차준후가 사무실에서 느긋하게 아이스 커피를 마시면서 실비아 디온의 이야기를 듣고 있었다.

"남강비닐이 마스크팩의 포장지에 대한 기준 요건을 충족시켰어요."

"예상보다 시간이 더 걸렸지만 결국 해냈네요."

"네, 기준 요건을 만족시키기 위해 많은 고생을 했다고 하더라고요."

마스크팩 포장지는 밀폐성이 좋고, 변질을 예방할 수 있도록 만들어야만 한다.

이런 조건을 만족시키려면 특수 필름을 여러 겹으로 쌓아 올린 구조를 갖춰야 하는데, 장비와 기술력이 필요한 일이다.

협력업체인 남강비닐은 일본에서 새로운 장비를 구매하고, 대학교와 산업 협력을 통해 기술을 배우고, 일본의 업체에 기술자를 파견하는 등 많은 과정을 통해 마스크 팩 포장지를 완성시켰다.

"구매 가격을 조율할 때 남강비닐에게 유리하게 해 줘야겠네요."

차준후는 남강비닐의 고생을 돈으로 보상해 줄 생각이었다.

까다로운 요구 조건을 모두 해결해 낸 남강비닐은 대부받을 자격이 충분했다.

"어느 정도나?"

"1차로 백만 개 생산을 주문하려고 합니다."

차준후는 이것저것 따지면서 협력업체를 쥐어짜는 스타일이 아니었다.

까다로운 조건만 충족시키면 대놓고 밀어준다고 할까?

협력업체들에 대한 그의 우호적인 태도는 꽤 유명해져서 대한민국의 기업들은 스카이 포레스트와 함께 일하기를 원하고 있었다.

"그 정도 주문이면 그간의 고생이 싹 씻겨 내려가겠네요."

"개당 납품 가격은 비서실장님이 알아서 후하게 처리해 주세요."

차준후가 의자에 등을 기대면서 이야기했다.

귀찮고 사소한 일들을 직원들에게 맡기니 편하고 좋았다.

"알았어요."

실비아 디온이 당연하다는 듯 받아들였다.

정열적으로 일하다가도 자신의 업무가 아니라고 생각하면 느긋해지는 차준후의 성격을 잘 알고 있었기 때문이었다.

느긋하고 여유로운 차준후를 보는 것도 좋았지만 그녀가 가장 좋아하는 모습은 투쟁적일 때였고.

마침 적당한 보고가 하나 있었다.

"대표님, 요즘 국내에 가품들이 돌아다니고 있어요."

"가품이요?"

"예. 최근에 업주들에게서 아주 저렴한 가격에 팔리고 있다고 보고가 올라왔어요."

"음! 결국 짝퉁이 돌아다니게 됐네요."

차준후는 위조품이 나올 것을 경계해서 포장지와 용기 등에 대해 특별한 관심을 기울여 왔다.

"여기 이 물건들이에요."

테이블 위에 골든 이글, 오아시스, 쿠션, SF-NO.1 밀크 등이 올려졌다.

그동안 스카이 포레스트에서 출시한 모든 화장품들이 모두 복제되어 있었다.

"화장품을 포장하는 종이 박스는 정말 잘 만들었네요. 언뜻 봐서는 알아보기 힘들 정도로 정교합니다."

차준후가 이야기하면서 미간을 찌푸렸다.

열심히 일했기에 당분간 느긋하게 보내려고 했는데 짝퉁 모방 제품이라니!

위조품을 볼 때마다 한 명의 개발자로서 기분이 좋지 않았다.

"글씨체가 미세하게 다르기는 하지만 일반인들의 눈썰미로 알아보기는 어렵겠죠."

"이런 수준이면 국내 업체들 가운데 만들 수 있는 곳이 많지 않을 겁니다."

이 정도 정교한 위조품을 만들기 위해서는 스카이 포레스트 협력업체 정도의 기술과 장비를 갖추고 있어야만 한다.

국내 최고의 높은 수준을 갖춘 협력 업체 정도의 공장들은 국내에서 찾아보기 힘들 정도였다.

"일본에서 들어온 걸로 파악됐어요. 대규모 할인 행사를 벌이려고 하는 정황까지 보이고 있어요. 위조품이면서 국내 첫 할인이라는 현수막까지 당당하게 걸 모양이

더라고요."

"정품으로 착각하고 구매하는 피해자들이 나오겠네요."

차준후가 인상을 찡그렸다.

위조품은 스카이 포레스트의 유통 질서를 교란시키고 이미지를 실추시킬 뿐만 아니라, 정품인 줄 알고 구매한 소비자들의 건강에도 악영향을 미칠 수 있는 부분이었다.

"위조품에 대한 성분 검사를 의뢰하세요."

피부에 직접 닿는 화장품이었다.

대놓고 위조한 범죄자들이 소비자들의 건강을 신경 썼을 리 만무했다.

"벌써 의뢰를 했어요. 위조품을 이대로 가만둬서는 안 돼요."

실비아 디온의 눈빛이 반짝거렸다.

미군 부대 그리고 서울농대에 성분 분석 의뢰를 해 놓은 상태였다.

빠르게 움직인 데에는 앞으로 벌어질 화끈한 다툼에 대한 기대감이 잔뜩 녹아 있었다.

"집중 단속을 한다고 해서 큰 효과를 보지는 못할 텐데……."

차준후가 이번 일을 해결하기 위해 고민했다.

지식재산권에 대한 개념이 거의 없는 시기였고, 한국은 특히 그 정도가 심했다.

정품이 아니라 위조품인 짝퉁이라고 해도 저렴하고 좋으면 구매하는 사람들이 많았다.

21세기에도 위조품 단속은 쉽지 않은 문제였다.

정부와 긴밀하고도 강력한 협조가 필요했고, 무엇보다 위조품이 아닌 정품에 대한 사람들의 인식이 제고되어야만 했다.

하루 세 끼 꼬박꼬박 먹고 살기도 힘든 판국에 정품을 사용해야 한다는 말은 사람들에게 공염불로 들릴 수밖에 없었다.

기업들도 지식재산권에 대한 인식이 희박하기는 마찬가지였다.

베스트셀러 하나가 나오면 모방 제품이 우르르 튀어나왔다.

국내 기업들이 스카이 포레스트의 화장품을 따라 하지 못하는 건 모방할 수 있는 기술력이 부족했기 때문이었다.

그렇지만 기술이 발달한 일본의 경우에는 충분히 스카이 포레스트의 화장품을 모방할 수 있었다.

"우리 회사 이익을 강탈해 간 상대를 때려야 한다고 생각해요."

"……상대라고요?"

"이 정도로 정교한 물건들을 제작하려면 일본 업체들이 관여했을 수밖에 없어요."

"그렇죠."

"일본 업체들이 스카이 포레스트의 이익을 빼앗아 갔다는 소리죠. 이런 사실들을 변호사에게 위임하면 좋지 않을까요? 미국 법정으로 위조품 제작에 관여한 기업들을 불러들이면 아주 재미난 일이 벌어질 거예요."

실비아 디온이 환하게 웃었다.

미국은 소송의 천국이었다.

만드는 화장품과 포장 박스의 글씨체 등 다양한 특허를 등록하고 있는 스카이 포레스트였다.

국제 특허와 미국 특허를 취득하고 있었기 때문에 특허권을 위반한 일본 업체를 법정에 세우는 게 가능했다.

그리고 무엇보다 스카이 포레스트 미국 법인에서 일본으로 화장품을 수출하고 있었다. 징벌적 손해배상을 청구할 수 있는 모든 조건이 충족되어 있었다.

"비서실장님이 한 번 나서 보세요."

차준후가 이번 일을 슬쩍 떠넘겼다.

말하는 모양새를 보니 아주 잘 해낼 것처럼 보였다.

징벌적 손해배상을 때리면 막대한 금전적 이득을 볼 수도 있었지만 그건 차준후의 관심이 아니었다. 위조품이

유통되지 않도록 하는 것이 중요했다.

"제가 해 봐도 될까요? 대표님보다 잘할 자신은 없어요."

"많이 보고 배운 비서실장님이라면 야무지게 때리실 수 있을 겁니다."

"제가 드디어 실전에 나서는 건가요?"

무척 기뻐하는 실비아 디온이었다.

지금까지의 수련은 모두 이번 일본의 위조품 척결을 위한 준비였던 것이다.

차준후와 함께 많은 시간을 보내면서 어떻게 하면 상대를 괴롭힐 수 있는지 이해하게 됐다.

"잘 부탁합니다. 김운보 변호사님과 상의해 가면서 진행하시면 좋을 겁니다."

실비아 디온에게 싸우라고 부추긴다는 걸 알면 문상진이 미쳤다고 손가락질할지도 몰랐다. 그렇지만 차준후는 귀찮고 번거로운 일에 나서고 싶은 생각이 없었다.

"저를 대장군으로, 그리고 김운보 고문변호사님을 책사로 임명하겠다는 말씀이시군요. 위조품과의 전쟁은 이미 시작됐어요."

그녀는 전장에 나서는 마음가짐으로 임했다.

무미건조하던 그녀의 마음에 기분 좋은 파문이 일어나고 있었다.

"진영에서 기다리고 계시면 주군께 승전보를 전달해 드릴게요."

주먹을 앙증맞게 꽉 쥔 그녀가 출사표를 던졌다.

꽁꽁 얼어붙을 수도 있는 이야기를 결연한 표정으로 이야기하고 있었다.

실비아 디온은 얼어붙은 분위기를 전혀 개의치 않았다.

부끄러움은 차준후의 몫으로만 남았다.

"요즘 비서실에서 읽고 있는 책이 혹시 삼국지인가요?"

"어떻게 아셨어요?"

"말투가 삼국지 소설을 떠올리게 하네요."

"대표님도 읽어 보셨나요?"

"중학교 시절 읽어 봤죠."

차준후에게도 중2병을 심하게 앓던 시절이 있었다.

질풍노도의 시기를 보내면서 세상을 미워하기도 했는데, 그때의 감정이 여태껏 잠들어 있다가 1960년대에 잘 나가면서 폭발하고 있는지도 몰랐다.

"읽는 내내 피가 끓어오르는 느낌이에요."

"……저도 그런 적이 있었어요."

숨기고 싶었던 중2병 시절을 떠올리고 있는 차준후였다.

천하의 패권을 두고 격돌하는 영웅호걸들의 이야기는 실비아 디온의 무미건조한 마음까지 뒤흔들어 놓았다.

장수가 되어서 직접 전장에 나가 보고 싶은 마음이 굴뚝같았다.

"대표님이라면 이해하실 줄 알았어요. 주군이 저에게 전장에 나가 적들의 수급을 베라고 하셨으니 명을 따를게요."

'내가 언제 그처럼 과격하게 말했습니까?'

황당한 발언에 차준후의 말문이 막혔다.

실비아 디온은 요즘 들어서 다른 사람의 말을 자의적으로 해석하면서 곡해해 버렸다.

예쁘장한 얼굴로 흉악한 단어를 내뱉어서 대화하던 사람들을 깜짝 놀라게 만들고는 했다.

"기다리고 계세요. 아이스커피의 얼음이 녹기 전에 돌아올 테니까요."

환하게 웃고 있는 실비아 디온이 대답을 듣지 않고 사장실 밖으로 나갔다.

"호로관 전투의 관우 일화네."

홀로 남은 차준후는 얼음 이야기를 실비아 디온이 왜 꺼냈는지 곧바로 이해했다.

삼국지에서 가장 멋있는 영웅 가운데 한 명인 관우의 매력이 마구 터지는 장면이 바로 호로관 전투였다.

따뜻한 술 한 잔이 식기 전에 적장의 수급을 베어서 돌아온 관우의 일화는 삼국지에서 아주 유명하다.

 "내가 일부분 관여하기는 했지만 이제는 두렵네."

 싸울 경우, 인정사정 보지 말고 때리고 박살 내라고 조언을 해 줬지만, 기준이라는 게 있었다.

 스스로 충분히 감당할 수 있기에 남들과의 싸움을 즐기듯 편하게 하는 차준후였다.

 "내가 괴물을 만들어 낸 건 아니겠지?"

 차준후는 솔직히 실비아 디온이 어떤 기준을 가지고 움직일지 예상이 가지 않았다.

 갈증이 밀려왔기에 테이블 위에 있는 아이스커피를 한 모금 마셨다. 커피와 함께 얼음이 입안으로 흘러들어왔다.

 아드득!

 소중히 남겨 두라던 얼음을 잘근잘근 씹어 먹었다.

 "대표님!"

 실비아 디온이 다시금 사장실 안으로 들어왔다.

 "제가 얼음이 녹기 전에 돌아온다고 했는데……."

 그녀가 말끝을 흐린 채 차준후를 바라봤다.

 주한미군 장성인 아빠에게 전화로 부탁해서 이번 위조품에 대한 조사를 부탁했다.

 아빠의 넓고 깊은 인맥을 활용하면 일본에서 만들어지

고 있는 위조품에 대해 상세하게 알 수 있었다.

"아빠에게 애교까지 떨었는데……."

무미건조한 성격의 그녀가 애교를 부린다는 건 대단한 일이었다. 전화를 받은 아빠의 흐뭇한 웃음소리가 아직까지 그녀의 귓가에 생생했다.

컵 안에 줄어든 얼음을 발견한 그녀의 눈동자가 요란하게 흔들렸다.

믿을 수 없는 일이었다.

주군이 장군과의 약속을 헌신짝처럼 버리다니, 있을 수 없는 현실이었다.

농담이 아니라 이번 일을 심각하게 받아들이고 있는 실비아 디온을 보면서 차준후가 머리를 굴렸다. 그리고 마침내 나름의 해결책을 찾아냈다.

"호로관 전투에서 관우는 전장에 나가기 전 상관인 조조에게 술을 받습니다."

"……그렇죠."

실비아 디온이 서늘한 표정으로 차준후를 바라보고 있었다.

얼굴에 한 겹의 얼음이 끼었다고 할까?

처음 목격하는 그녀의 차가운 모습에 차준후는 당혹스러웠다.

얼음을 깨 먹은 게 비수처럼 날카로운 눈초리를 받을

정도로 잘못한 짓이야?

꿀꺽!

차준후가 침을 삼켰다.

비난하고 있는 실비아 디온을 어떻게든 다독거려야만 했다.

저렇게 삐져서 있으면 이번 위조품 사태는 누가 처리하겠는가?

어디까지나 아쉬운 쪽은 일거리를 잔뜩 떠넘기고 있는 차준후였으니까.

일당백이라고 할 수 있는 실비아 디온이 존재했기에 많은 일들로 복잡한 지금도 느긋하게 지낼 수 있었다.

"제가 장군인 비서실장님에게 아이스커피를 직접 따라줘야 제대로 명령을 내리게 된다는 소리입니다. 주군이 장군에게 하사하는 아이스커피가 빠지면 전쟁 자체가 성립되지 않아요."

차준후가 잔뜩 비난하고 있는 실비아 디온을 똑바로 마주 보며 변명했다.

그리고 그 변명은 훌륭하게 통했다.

"맞네요. 장군들은 출사표를 던질 때 주군에게 검이나 술을 한 잔 받더라고요."

실비아 디온의 얼음 가면에 균열이 가기 시작했다.

처음에는 겨우 몇 가닥에 불과하던 균열이 가면 전체로

퍼져 나갔고, 가면은 마침내 사라졌다.

무미건조한 얼굴에 다시금 감정이 피어났다. 아니, 정확하게 표현하면 가짜 감정으로 만든 가면이 얼굴을 뒤집어씌웠다.

그녀의 입가에 잔잔한 미소가 피어났다.

"기다리세요. 아이스커피를 타서 가지고 올게요."

차준후가 황급히 일어나 탕비실로 향했다.

거침없는 인생을 살아가고 있었지만, 유능한 임원들의 눈치를 조금은 살펴야만 하는 신세였다.

이 시대의 천재들을 임원으로 고용하려면 대가가 뒤따랐다.

천재들은 대가를 요구하고 있었고, 실비아 디온은 흥미진진한 다툼 혹은 격렬한 감정을 원하고 있었다.

그리고 천재들의 도움을 받으면서 차준후는 사업을 수월하게 확장시켜 나갔다.

실비아 디온의 비위를 맞춰 가면서 차준후는 더욱 높은 곳으로 비상하고 있었다.

"대표님, 커피가 필요하시면 말씀하시지 그러셨어요?"

종운지가 탕비실로 들어가려는 차준후를 보면서 이야기했다.

"이번 커피는 특별해서 제가 직접 만들어야만 합니다."

차준후가 사장실을 힐끔 쳐다보았다.

대표가 만들면 커피가 특별해지나?

"네?"

"제가 비서실장님에게 직접 커피를 드려야 할 이유가 있어요."

잠시 어처구니없는 표정으로 차준후를 바라보던 종운지였지만 이내 이해했다. 사장실 안에는 일반적인 상식으로 납득할 수 없는 실비아 디온이 있으니까.

"죄송해요. 제가 비서실장님께 삼국지를 추천해서……."

종운지는 재미있는 전쟁 소설을 읽고 싶다는 실비아 디온에게 도서관에서 빌려 온 삼국지를 건네줬다.

삼국지를 접한 실비아 디온은 그야말로 삼국지에 꽂혀 버렸다.

삼국지를 실비아 디온에게 준 범인이 당신이었어?

당신 때문에 사장실에서 중2병 시절을 떠올리면서 몸서리를 쳤단 말이야!

그리고 그 중2병 시절의 모습을 실비아 디온이 지금 보여 주고 있었다.

"괜찮습니다. 비서실장이 좋아하면 그만인 거죠."

한숨을 푹 내쉬었지만 차준후는 종운지를 탓하지 않았다. 무미건조하게 살아가는 실비아 디온에게 삼국지 소설은 가뭄에 단비나 마찬가지였다.

짝퉁 〈217〉

부끄러움과 약간의 고난은 고스란히 차준후의 몫으로 남았지만 버틸 수 있었다.

"……."

죄송한 마음에 종운지가 가만히 고개를 숙였다.

비서실에서 함께 근무하고 있다 보니 중2병이 심하게 든 실비아 디온의 모습을 종종 목격하고는 했다. 그때마다 부끄러움에 고개를 슬쩍 돌리고는 했다.

삼국지에 한 번 맛을 들인 실비아 디온을 구제한다는 건 불가능했다. 깊이 심취하면 결코 원래의 모습으로 돌아올 수 없었는데, 실비아 디온이 바로 그런 경우였다.

"비서실장이 삼국지는 어디까지 읽었나요?"

"요즘 마지막 완결권을 읽고 있어요."

"다음에는 수호지를 추천해 보세요."

"네? 수호지까지 읽으면 지금보다 상태가 더 심각해지지 않을까요?"

"제가 경험해 보니까 어중간하면 더욱 막 나가더라고요. 지금 비서실장이 딱 그런 경우죠. 저런 상태면 옆에서 조언을 해 주는 것보다 스스로 부끄러움을 알게 만들어야 한다고 봐요."

"아! 스스로 깨닫게 해 주는 거군요."

종운지는 차준후의 해결책이 적절하다고 여겼다.

뛰어난 실비아 디온이라면 알아서 자신의 모습이 어떨

지 깨달을 수 있을 것 같았다.

그때였다.

"얼음이 녹기 전에 돌아오셔야 하는데, 조금 늦네요."

실비아 디온이 살짝 열린 사장실 문으로 고개를 내밀며 툴툴거렸다.

"금방 갈게요."

"기다리죠."

실비아 디온이 입술을 삐죽거리면서 문을 닫았다.

여기서 더 늦었다가는 방금 전의 얼음 가면이 다시금 튀어나올 수도 있었다.

타임 어택이라고 할까?

얼음이 동동 뜬 시원한 아이스커피를 실비아 디온에게 빨리 가져다줘야만 했다.

"고생하세요, 사장님."

종운지의 표정이 잔뜩 뒤틀렸다.

실비아 디온의 중2병 모습을 바로 옆에서 가장 많이 목격하고 있는 두 사람이었다.

탕비실에서 빠른 속도로 아이스커피를 만든 차준후가 다시 사장실로 들어섰다.

허리를 꼿꼿하게 세우고 있는 실비아 디온이 뜨거운 눈길로 아이스커피를 바라보고 있었다.

"이건 평범한 아이스커피가 아니라 특별한 겁니다. 알

고 계시죠?"

"위조품을 만든 적들을 쓰러뜨리라는 명령이 담긴 아이스커피입니다."

"비서실장님의 승전보를 기대하겠습니다."

차준후가 분위기를 맞춰 줬다.

그 역시 한때는 삼국지에 푹 빠져 살았기에 이 정도는 충분히 가능했다. 옛날 중2병의 감성이 슬금슬금 올라왔다.

"존명!"

실비아 디온이 두 손으로 아이스커피를 받아 들었다.

"이 잔 안의 얼음이 다 녹기 전에 적들을 쓸어 버리겠습니다."

실비아 디온은 아이스커피를 냉동고에 가져다 놓을 계획이었다.

위조품을 만든 자들을 미국 법정에 세워서 뜨거운 맛을 보여 주고 난 뒤에 원샷으로 마실 생각이었다.

"믿습니다."

차준후는 실비아 디온이 잘할 거라고 믿었다.

"승전보를 가지고 돌아오죠."

벌떡 일어난 실비아 디온이 커피잔을 가지고 밖으로 나갔다. 적들을 찾아내어 야무지게 때리기 위해서는 처리해야 할 일이 많았다.

"위조품을 만든 사람들이 불쌍하게 생각되는 건 처음이네."

사장실에 홀로 남은 차준후가 중얼거리면서 속으로 이번 일에 엮인 사람들의 명복을 빌어 줬다.

* * *

박미순은 삼 일 전에 아는 사람을 통해 하늘숲의 SF-NO.1 밀크를 구입했다.

평소 비싼 가격 때문에 사용할 엄두를 내지 못했는데, 지인을 통해 무려 절반 가격에 구입할 수 있었다.

화장품을 바른 뒤부터 얼굴에 울긋불긋한 붉은 반점이 생기고 심한 가려움증도 밀려왔다.

가려움증을 참고 삼 일 동안 꾸준하게 얼굴에 밀크를 발랐다.

그녀는 노화 방지와 주름 개선 효과를 보고 있는 것이라고 생각했다. 그렇지만 너무 간지러워서 더는 버티지 못하고 병원을 찾았고, 화장품 부작용이라는 마른하늘에 날벼락 같은 진단을 받았다.

크게 분노한 그녀는 의사의 소견이 담겨 있는 서류를 들고서 하늘숲 직영점을 방문했다.

"여기요! 이거 반품해 주세요."

박미순이 계산대 위에 SF-NO.1 밀크를 올려놓으면서 소리쳤다.

"고객님, 무슨 불편한 점이라도 있으셨나요?"

"좋다고 해서 사용했는데 화장품 부작용이 있다고 하잖아요. 하늘숲 제품이라고 해서 믿었는데, 정말 너무하네요."

"죄송합니다, 고객님. 먼저 저희 제품으로 인해 부작용을 겪으신 점에 대해서 진심으로 죄송하다는 말씀을 드립니다. 빠르게 환불 접수를 해 드리려고 하는데, 어떤 부작용을 겪으셨는지 여쭤봐도 될까요?"

계산대의 임경미가 박미순에게 고개부터 숙였다.

박미순은 개봉해서 사용했지만, 환불해 준다는 사실에 감사하고 안심이 됐다. 절반 가격에 샀는데 환불을 받으면 크게 이득을 보는 것이었다.

"제 얼굴을 보세요. 의사 선생님이 홍반을 동반하는 접촉성 피부염이라고 하더라고요. 그리고 가려워서 미칠 것 같아요. 여기 의사 선생님이 써 주신 소견서도 있어요."

"화장품 부작용에 대해 다시 한번 사죄의 말씀을 드릴게요. 제품을 반납해 주시면 곧바로 환불해 드릴게요."

소견서를 받아서 읽은 임경미가 재차 박미순에게 사죄했다.

스카이 포레스트에는 부작용을 겪는 구매 고객이 있으

면 묻거나 따지지 말고 환불해 주라는 지침이 있었다. 사람들이 악용할 수도 있는 환불 제도였지만 차준후가 밀어붙였다.

"여기요."

"잠시만 살펴볼게요."

임경미가 받아 든 SF-NO.1 밀크를 꼼꼼하게 살펴봤다.

며칠 전에 회사 지침이 내려왔는데, 위조품인 짝퉁이 시중에 돌아다니고 있으니 유념하라는 내용이었다.

아니나 다를까.

밀크를 담은 유리용기가 정품과 미세하게 달랐다.

정품은 푸른빛을 은은하게 내뿜고 있는 데 반해, 짝퉁은 보다 선명했다. 날렵하고 매끄러운 외형도 조금은 달랐다.

"저기요. 무슨 문제라도 있나요? 설마 조금 사용했다고 환불을 해 주지 않으려는 건가요?"

"회사 정책상 사용을 하셔도 부작용이 있으면 무조건 환불해 드리고 있습니다."

"그런데 왜 미적거리는 거죠? 바로 환불해 주세요."

"죄송하지만 환불을 도와드리기 어렵습니다. 이 제품은 스카이 포레스트에서 제조한 제품이 아니에요."

"그게 무슨 소리예요? 지금 환불해 주기 싫어서 생떼를 쓰는 건가요?"

짜증이 팍 치밀어 오른 박미순의 얼굴이 붉게 달아올랐다. 짜증과 분노를 임경미에게 마구 퍼붓고 싶었지만, 가까스로 참아 냈다.

"이건 위조품이에요. 보세요. 스카이 포레스트에서 판매하고 있는 제품과 다르죠."

임경미가 계산대 아래에서 정품 SF-NO.1 밀크를 꺼내서 올려놓았다.

두 개를 같은 위치에서 바라보자, 미묘하게 다른 부분이 보였다.

"짝퉁이라는 말인가요?"

박미순은 커다란 충격을 받았다.

이제야 일이 어떻게 돌아가는지 비로소 알게 됐다.

없어서 못 판다는 SF-NO.1 밀크를 지인이 왜 반값에 자신에게 팔았는지 이해했다. 짝퉁을 가져다가 정품이라며 사기를 친 것이었다.

"위조품을 어디서 구매하셨나요?"

"때려죽일 만순이 엄마에게서 샀어요."

"스카이 포레스트의 제품은 방문판매원이나 상점에서 구매하시는 걸 추천드려요. 가격이 저렴하다고 지인에게 구매했다가는 위조품을 구매하실 위험이 있어요."

임경미가 정품을 확실한 곳에서 구매하라고 조언했다.

부끄러움을 느낀 박미순은 당장 집에 돌아가고 싶었다.

망신도 이런 망신이 따로 없었다.

절반 가격에 눈이 돌아가서 위조품을 구매했다니.

너무 멍청하지 않은가.

멍청하게 속은 사실을 모르고 하늘숲 직영점까지 달려와서 분노의 일갈을 날리던 자신의 모습을 머릿속에서 영원히 지워 버리고 싶었다.

"내가 가만두지 않겠어. 머리카락을 모조리 다 뽑아서 대머리를 만들어도 성이 차지 않아."

얼굴을 잔뜩 일그러뜨린 박미순이 자신에게 화장품을 판 말순이 엄마를 찾아 떠났다.

만나기만 하면 머리끄덩이를 붙잡고 난리를 칠 것만 같은 분위기였다.

화를 내면서 들어왔다가 더욱 분노해서 나가는 박미순이었다.

"납과 카드뮴, 수은이 들어간 짝퉁 화장품이라서 위험하다고 말하고, 꾸준하게 병원의 치료를 받으라고 말씀드렸어야 했어야 했는데……."

임경미는 미처 하지 못한 말을 중얼거렸다.

황급히 밖으로 뛰쳐나갔지만 빠르게 사라진 박미순을 찾지 못했다.

성분 분석을 통해 밝혀진 짝퉁 SF-NO.1 밀크의 실체는 실로 놀라웠다.

납과 카드뮴이 기준치의 100배 이상으로 나왔고, 피부에 심각한 손상을 줄 수 있는 수은까지 검출됐다.

위조품은 피부에 보습과 영양을 주는 화장품이 아니라 독이나 마찬가지였다.

계산대에서 벌어진 일을 1층 매장에 있던 사람들이 구경하고 있었다. 워낙 시끄럽게 떠들던 박미순이었기에 무슨 이야기인지 똑똑하게 들었다.

"나도 며칠 전에 하늘숲 화장품을 저렴하게 판매한다는 연락을 받았어."

"순자 언니?"

"미군 부대에서 나오는 물건을 뒤로 빼돌려서 판매하는 그 언니 맞아. 하늘숲 공장에서 일하는 직원용 제품을 저렴하게 구했다고 하더라고."

"나한테도 연락이 왔어. 오늘 저녁에 만나서 구매하기로 했어."

"아무리 봐도 짝퉁을 판매하는 것 같지?"

"그런 것 같아. 그래도 혹시 모르니까 정품을 들고 나가 보려고."

"같이 나가자. 진짜면 좋은 일이고, 짝퉁을 판매하면 다시는 보지 않으려고. 내 얼굴이 방금 전 아줌마처럼 될 수도 있었다는 이야기잖아."

"생각만 해도 끔찍하다."

사람들은 짝퉁에 대해서 관대했다.

그렇지만 그들이 받아들일 수 없는 부분도 있었는데, 바로 자신의 피부와 관련된 일이었다.

정품을 사용하지 않으면 엄청난 부작용이 올 수도 있다는 걸 바로 눈앞에서 목격했다.

짝퉁 부작용에 대한 입소문이 퍼지는 건 한순간이었다.

그리고 이런 일은 한국에서보다 위조품을 만들고 있는 일본에서 더욱 심각하게 일어났다.

* * *

「스카이 포레스트 제품 부작용 심각하다.」

「가려움과 홍반을 동반하는 접촉성 피부염! 소비자들의 건강이 위험하다.」

「가장 흔한 화장품 부작용에서 자유롭지 못한 스카이 포레스트.」

「화장품 사용 시 부작용을 줄이려면 명성 높은 회사 제품을 이용해야 한다. 최빈국에서 만든 화장품은 신뢰하기가 힘들다.」

일본의 보수 신문들이 일제히 스카이 포레스트의 부작용에 대해서 보도했다.

자국 시장에서 점유율을 높여 가고 있는 눈엣가시 같은 스카이 포레스트에게 포문을 연 것이었다. 한국 기업이 일본에서 잘나가는 걸 용납할 수 없었다.

사회적 파장을 일으키기에 충분한 제목과 논조였다.

부작용에 대한 이야기를 자극적으로 편집하였고, 피부과 의사들과 전문가들까지 가세하여 스카이 포레스트를 물어뜯었다.

「시세삼도가 있는데, 왜 스카이 포레스트 제품을 사용하는지 이해할 수 없다. 스카이 포레스트 화장품을 사용한다는 건 돈과 건강을 버리는 행위다.」

「피부에 심각한 위협을 줄 수 있다. 사용을 자제하라.」

「중금속으로 범벅이 된 화장품! 돈을 주고 구매하는 사람들은 어리석다고 인증하는 짓이다.」

「한국 화장품을 일본 시장에서 퇴출시켜야 한다.」

신문사와 기자들은 위조품이 범람하고 있다는 사실을 알고 있었으나, 이를 보도하지 않았다.

일본 사람들의 혐한 정서를 조장하는 자극적인 기사들을 마구 내보냈다.

기사를 읽은 사람들의 스카이 포레스트에 대한 비난 여론이 들끓었다.

"와아! 중금속 범벅 화장품을 돈을 받고 팔아먹네."

"주름 개선을 비롯한 항노화 제품이라고 떠들더니, 결국은 중금속으로 만들어 낸 거구나."

"일본 여성들의 피부를 망치려고 하는 거야."

"정부는 나쁜 제품이 판매되는 걸 왜 수수방관하고 있는지 모르겠어?"

"맞아. 무슨 낯짝으로 이런 화장품을 판매하는 거야?"

신문을 접한 사람들이 스카이 포레스트를 마구 비난했다.

일본에서 혐한 감정이 고조됐고, 혐한 감정을 부추기는 기사들은 이에 편승해서 더욱 많이 보도됐다.

보수 신문들의 과장되고 일방적인 기사들이 여과되지 않고 일본인들에게 사실처럼 인식하게 만들었다.

진실이 왜곡되면서 스카이 포레스트 화장품은 나쁜 제품이라는 꼬리표를 달게 됐다. 스카이 포레스트의 부작용은 화제의 중심으로 떠올랐다.

연일 쏟아지는 집중적인 보도로 인해 스카이 포레스트는 일본인들의 관심을 집중적으로 받았다. 화장품에 대해 관심이 적은 남자들도 스카이 포레스트를 알게 됐을 정도였다.

신제품 발표회

 일본의 모든 신문사가 현실을 외면하고 있는 건 아니었다.
 진보적 성향의 몇몇 신문사들은 객관적으로 이번 사태를 바라보았다.

「스카이 포레스트에 대한 신문의 자극적 제목과 내용보다 중요한 건 제대로 된 검증이다. 혐한이라는 낙인을 찍기 전에 위조품이 범람하고 있다는 점을 지적해야 한다.」
「스카이 포레스트의 위조품들이 시장에서 판매되고 있다. 저렴한 가격에 현혹되지 말고 정품을 구매하는 소비자들의 현명한 소비가 필요한 때이다.」
「무조건적으로 스카이 포레스트를 비난하는 건 잘못된

일이다. 일본이 다시 우경화의 길을 걷는 건 아닌지 고민해 봐야 한다.」

「보수 신문이 의혹을 제기하면 일본인들은 사실처럼 받아들이고, 일본 언론은 이를 더 부풀려 지면에 싣는 양상이 반복되고 있다.」

진보적 신문사들은 위조품들에 대한 올바른 기사를 보도하고 있었지만 고립되고 있었다.

이와 비교하여 보수 신문들은 스카이 포레스트를 쓰레기 회사처럼 포장하면서 영향력을 넓혀 나갔다.

일본 사회에서 우익적이면서 보수적인 경향이 심화되고 있었다.

일본 보수 성향의 신문사들이 위조된 화장품의 부작용을 확대 해석하고 있었다.

왜곡된 신문 기사를 바탕으로 방송국들까지 스카이 포레스트를 공격했다.

위조품인지 사실 여부를 따지지 않고 무조건 스카이 포레스트의 문제로 기정사실화해 버렸다.

일부 국내 신문사들은 일본에서 떠들고 있는 내용들을 그대로 베껴서 보도하기까지 했다.

특종을 놓치지 않기 위해 발 빠르게 움직인 것이다. 그리고 이런 과장되고 왜곡된 거짓 기사가 한국인들을 뒤

흔들어 놓았다.

신문 외에 다른 언론을 접하기 힘든 시기였기에 신문 기사 내용은 사람들에게 절대적인 영향력을 끼쳤다.

* * *

일본이 스카이 포레스트로 들끓어 오를 때, 한국 역시 난리였다.

일본에서 벌어지고 있는 사태와 신문 기사 내용들을 곧바로 한국으로 퍼 가지고 왔다.

단순히 일부분만 번역해서 지면에 옮기는 수준의 기사들도 있었다.

「스카이 포레스트! 위기에 휩싸이다.」
「이대로 몰락하는가? 스카이 포레스트를 집중 해부하다.」
「일본에서부터 불어오는 위기!」
「하늘숲이라고 불리는 스카이 포레스트. 제대로 나아가고 있는지 의문!」

스카이 포레스트 사장실의 책상 위에 천하일보를 비롯한 신문들이 잔뜩 쌓여 있었다. 신문 일면에는 스카이 포레스트와 관련된 내용들로 도배되어 있었다.

"가짜 기사들이 판을 치고 있네요. 사실을 제대로 전해야 할 책임이 있는 곳이 국내 신문사들인데, 일본 신문 기사들을 그대로 전달하다니 참으로 안타깝습니다."

문상진이 씩씩거렸다.

국내 신문사들이 스카이 포레스트를 공격하고 있는 거나 마찬가지였다.

"국내 신문사들이 제 역할을 하고 있는지 의문이기는 하네요."

"대표님, 반론 기사를 내야 하는 거 아닙니까?"

평소 화려한 언론 플레이를 즐겨 하는 차준후였다.

좋지 않은 기사로 도배되는 지금 시점에 차준후가 뭔가 보여 주기에 충분했다.

차준후는 한 번 움직이면 화력을 집중해서 단번에 위기를 돌파하는 모습을 보여 줬다.

일을 많이 시켜서 문제였지 위기의 순간에는 누구보다 믿음직스러운 대표였다.

"이번 일은 제가 나서지 않습니다. 실비아 디온이 모든 일을 총괄하고 있어요."

"비서실장이요?"

문상진이 우려를 드러냈다.

사방에서 스카이 포레스트의 위기라고 떠들어 대고 있

는데 차준후가 나서야 되는 것 아니야?

지금처럼 엄청난 사안에 실비아 디온이 전면에 나서는 건 아무래도 아닌 것 같았다.

"실비아 디온이라면 잘할 거라고 믿습니다. 일본 언론이 위조품 사태를 부풀려 보도하는 걸 차곡차곡 모으고 있어요."

"그럴 이유가 있나요?"

"일본의 보수 신문사들과 소속 기자들을 미국 법정에 세운다고 하더라고요."

"네?"

"과장 왜곡된 기사들을 지속적으로 보도하는 있는 건 악의적인 의도가 있는 거라고 하더라고요. 변호사들에게 자문을 받아서 확인했다고 했어요."

실비아 디온은 이번 기회에 일본 보수신문사와 기자들에게 본때를 보여 주려고 하고 있었다.

"때리고 싶다고 입버릇처럼 이야기하고 다닐 때부터 알아봤는데 비서실장은 정말 무서운 사람이네요."

"손해 배상까지 청구한다며 벼르고 있어요."

단순히 법정에만 세우는 건 실비아 디온의 성에 차지 않았다. 풀을 뽑을 때는 뿌리까지 뽑으라고 차준후에게 배웠다.

이번 기회에 일본 신문사와 기자들의 주머니를 탈탈 털

어 버릴 작정이었다. 두 번 다시 함부로 기사를 작성할 수 없게 하려는 것이었다.

"아! 그래서 얼마 전에 제게 와서 회사 매출에 대한 자료를 받아서 간 거군요."

이번 사태로 인해 스카이 포레스트의 손해가 적지 않았다.

매출에 타격을 입었고, 진행되고 있던 계약 이야기가 무산되거나 무기한 중단되기도 했다.

"이제 믿음이 가나요?"

"잔 다르크처럼 믿음직스럽네요."

문상진은 실비아 디온에게 조심스럽게 행동해야겠다고 생각했다.

위조품으로 회사가 흔들리는 순간 등장한 실비아 디온은 잔 다르크나 다름없었다.

국내 화장품 시장은 꽉 움켜잡고 있었지만 일본에서는 치열한 시장 쟁탈전을 벌이고 있었다. 전쟁이나 마찬가지였다.

스카이 포레스트는 일본 기업들과 화장품을 하나라도 더 팔기 위해서 마케팅과 화장품 품질, 가격 등을 가지고 격돌하고 있었다.

"잔 다르크가 아닌 관우처럼 믿음직스럽다고 실비아 디온 앞에서 말하세요. 그럼 좋아할 겁니다."

"무슨 소리인지 이해가 가지 않습니다."

"실비아 디온은 요즘 삼국지의 관우에게 푹 빠져 있습니다."

차준후가 실비아 디온에게 호감을 살 수 있는 방법을 알려 줬다.

"무슨 뜻인지 알겠습니다."

문상진은 4차원적인 정신을 가진 실비아 디온에게 쉽게 접근할 수 있는 방법을 알게 됐다.

차준후가 커피 한 모금을 마시면서 여유를 만끽하려고 할 때였다.

"그런데 비서실장에게 일을 맡겨 놓고서 대표님은 뭘 하시려는 겁니까?"

차준후의 숨을 턱 막히게 만드는 질문이었다.

요즘 들어서 차준후의 행보에 대해 예의 주시하고 있는 문상진이었다.

그는 임원들이 열심히 일하는 만큼 대표도 발을 맞춰야 한다는 의사를 피력했다.

원래부터 이런 성격이 아니었다.

윗사람을 하늘처럼 떠받들고, 시키는 일이 있으면 마소처럼 열심히 처리해 왔다.

그렇지만 대표인 차준후가 밖에 나가서 여러 가지 사고를 치고 돌아다니면서 임원들의 일들이 산더미처럼 늘어나고 있었다.

 미국에서 귀국하고 난 뒤 비단을 만들 수 있는 생사를 구매한다고 협동조합을 만들었는데, 전국 생사 협동조합에 관련된 일을 바로 문상진이 담당했다.

 전국 생사 협동조합이 알아서 자립할 수 있도록 차준후가 지원하고 있었지만, 그 과정에서 해결해야 할 일들이 상당히 많았다.

 조직을 새롭게 만드는 데에는 많은 인력과 자금 등이 필요했다.

 그리고 그런 과정의 전문가가 바로 문상진이었다.

 원래도 많은 업무량을 해결하기 위해 몸이 열 개라도 부족할 판이었다.

 이건 해도 너무 하지 않은가!

 그래도 많은 걸 베푼 차준후였기에 울며 겨자 먹기로 맡은 일을 꾸역꾸역 해결했다.

 인내심이 엄청난 문상진도 참을 수 없는 사태가 얼마 전에 벌어졌다.

 동방화학사가 SF 화학으로 이름을 바꾸면서 스카이 포레스트의 새로운 계열사로 들어섰다.

 계열사가 하나 더 늘어날 때마다 대표는 아랫사람들에게 맡긴 채 나 몰라라 하고 있었고, 부하 직원들은 발에 불똥이 떨어진 것처럼 움직여야만 했다.

요즘 문상진은 회사에 직원들 가운데 누구보다 먼저 출근해서 가장 늦게 퇴근하고 있었다.

어린 자식들의 깨어 있는 얼굴을 언제 봤는지 기억조차 나지 않을 정도였다.

"……연구하고 있는 것이 있습니다."

찔리는 게 많은 차준후가 변명했다.

문상진이 회사에서 가장 많은 업무를 하고 있다는 사실을 누구보다 잘 알고 있었다. 그 많은 업무량은 바로 자신 때문에 발생한 것들이었다.

"연구요? 이번에는 뭘 연구하고 계십니까?"

문상진이 차준후를 의심스러운 눈길로 바라보았다.

그 시선에는 임원들에게 일을 맡겨 놓고 탱자탱자 쉰다는 비난이 녹아들어 있었다.

얼마 전까지만 해도 순한 양이었는데.

이제는 이빨을 드러낼 정도의 야성을 가지게 됐다.

물어뜯을 수 있는 사나운 야성은 바로 차준후가 만들어 낸 것이었다.

"……골든 이글 위조품을 살펴보고 그 품질에 깜짝 놀랐습니다. 그래서 차기 정발료에 대해서 연구하고 있습니다."

차준후가 황급히 머리를 굴려 차기 화장품을 떠올렸다.

쿠션과 밀크의 위조품들 품질은 전체적으로 조악했는데 기초적인 화장품들은 달랐다.

골든 이글과 립밤, 립글로스는 달랐다.

위조품 골든 이글의 품질은 정품과 크게 차이가 없었다.

립밤과 립글로스의 품질도 훌륭했다.

립밤과 립글로스의 경우는 딱히 특별한 게 없었기에 별다른 대처법이 없었다.

21세기에는 전문적인 화장품 회사가 아닌 기업들도 립밤과 립글로스를 생산했다.

특별한 기술이 없이도 만드는 게 가능했고, 가정에서도 제작할 수 있을 정도였다.

"그래서요?"

"석유 화합물을 재료로 한 차세대 정발료를 연구하려고 합니다. 거품 모양의 제품인데, 머리카락을 굳혀서 원하는 모양으로 만들 수 있죠."

"이미 연구가 다 끝난 것처럼 보이는데요……."

"아닙니다. 세계 최초의 거품 모양 정발료입니다. 연구를 해야 하는 부분이 얼마나 많은지 아십니까? 밤잠을 줄여 가면서 연구해도 시간이 부족할 정도입니다."

차준후가 항변했다.

거품 모양 석유 화합물 정발료는 지금 시장의 왕좌를

차지하고 있는 포마드 크림을 몰아내게 된다.

원래라면 1960년대 중반에나 시장에 나올 정발료는 엄청난 파급력을 가지고 있었다.

토니 크로스의 회사 세이지가 특허권을 가지고 있는 고분자 석유 화합물을 이용하면 무스를 만들어 낼 수 있었다.

"제가 이번에 연구하고 있는 제품은 무스라고 상품명을 붙였습니다. 거품 형태의 무스는 남녀를 가리지 않고 사랑받을 수 있는 대단히 획기적인 상품이라고요."

차준후가 놀고 있는 게 아니라고 주장했다.

그의 말처럼 무스는 시장에 거대한 지각 변동을 일으키는 엄청난 정발료였다.

브리스톨 마이스사는 무스 하나만으로 세계적인 회사로 성장할 수 있었을 정도였다.

"대표님께서 개발하시는 거니까, 세상을 뒤집을 정도로 혁신적인 상품이라는 건 믿고 있습니다."

문상진은 차준후의 천재적인 실력을 믿었다.

직접 보지 못했지만 듣는 것만으로도 무스의 파괴력은 현 시장의 왕좌를 차지하고 있는 포마드의 숨통을 끊어 버린다고 확신했다.

"믿어 줘서 고맙네요."

"무스의 대단함은 인정했지만 대표님의 일하기 싫어서

빈둥대는 모습은 받아들이기 어렵습니다. 무스의 개발이 이미 끝난 것처럼 보입니다만?"

"……어허! 아니라니까요."

잠시 말문이 막혔던 차준후였지만 고분고분 인정할 수는 없는 노릇이었다. 차준후가 여유로운 일상을 포기하지 않았다.

"거듭 아니라고 하시니 그런 걸로 알겠습니다."

문상진이 말과는 달리 전혀 믿지 않는 모습이었다.

제대로 된 연구 없이 세계 최초의 화장품을 쑥쑥 내놓던 차준후였다.

더 연구할 구석이 있다고 하지만 연구소에서 땀 흘리는 대표의 모습을 문상진은 단 한 번도 본 적이 없었다.

21세기를 살다가 온 차준후에게 1960년대의 연구소 시설들은 구닥다리나 마찬가지였다.

줄기세포를 연구할 수 있는 전자현미경, 유전자가위 등을 비롯한 고가의 첨단장비들이 있어야 원하는 연구를 할 수가 있었다.

그 이전에는 머릿속에 있는 미래 지식들만 이용해도 혁신적인 화장품들을 쑥쑥 만들어 내는 게 가능했다.

어쨌든 위기의 순간을 넘긴 차준후가 속으로 안도의 한숨을 내쉬었다.

요즘 들어서 임원들의 매서운 공격들이 이어지고 있었다.

문상진의 갑작스런 공격으로 인해 정발료 시장의 운명이 뒤바뀌었다. 차준후의 예상보다 일찍 무스가 세상에 모습을 드러내게 됐다.

"다음 주 월요일에 마스크팩과 무스의 신제품 발표회를 하겠습니다. 색다르면서도 매력적인 신제품들의 발표이니 많은 신경을 써 주세요."

"무스는 아직 연구를 더 진행해야 한다면서요?"

"제가 입 밖으로 이야기를 꺼냈다는 건 완성에 가깝다는 겁니다. 발표회 날에 완벽한 무스를 보여드릴 수 있어요."

"아무리 봐도 완성한 것 같은데……."

문상진이 재삼 의심하는 눈초리를 마구 뿜어댔다.

"위조품들로 인해 회사가 흔들리는 것처럼 보이고 있어서 무리를 하는 겁니다. 신제품 발표로 스카이 포레스트의 위상을 세상에 똑똑히 보여 줄 생각입니다. 비단 마스크팩과 무스는 스카이 포레스트에 새로운 영광의 시대를 가져다 줄 것입니다."

차준후가 의심을 떨쳐 내기 위해 열정적으로 외쳤다.

둘러대는 변명이 작금의 스카이 포레스트의 상황과 절묘하게 맞아떨어졌다.

그렇게 다음 주 월요일에 예기치 않은 스카이 포레스트의 발표회가 벌어진다는 소식이 국내외 언론사들에게 배

포됐다.

이는 폭발적인 관심을 불러일으켰다.

활활 타오르는 불길에 기름을 잔뜩 부은 격이었다.

국내 언론사의 기자들이 참석을 희망했고, 해외에서 기자와 방송사 관계자들이 참석하겠다는 이야기를 전해 왔다.

- 스카이 포레스트에서 신제품을 발표한다고?
- 세계 최초의 화장품을 한 개도 아니고 두 개씩이나 발표한다고 하더라.
- 어떤 놈이 스카이 포레스트가 흔들린다고 했어? 난 믿고 있었다고.
- 썩을 놈! 며칠 전에 네 이름으로 낸 신문 기사 내용을 읽어 주랴?
- 내가 언제?
- 아! 그날의 신문을 가지고 와야겠네.
- 내가 잘못했다.

국내 신문기자들이 스카이 포레스트의 앞을 서성거렸고, 미국에서는 방송국 관계자들이 대거 김포공항을 통해 입국했다.

일본의 언론 관계자들도 발표회에 참석하겠다는 의사를 나타냈다.

생각보다 많은 관계자들의 참석 요구에 발표회 장소를

변경하는 사건도 벌어졌다.

스카이 포레스트의 대강당으로는 관계자들을 모두 받아들일 수가 없었기에 발생한 일이었다.

결국 서울시청의 대강당을 빌려야만 했다.

그 넓은 대강당을 모두 채울 수 있을 정도로 많은 관계자들이 몰려들었다. 그렇기에 결국 참석을 희망한 관계자들 가운데 일부는 스카이 포레스트의 초대장을 받지 못하고 말았다.

「스카이 포레스트! 건재함을 과시하다.」
「천재 차준후! 세상을 경악하게 만들 신제품을 직접 발표한다.」
「천재에 대한 걱정은 기우에 불과했다.」
「이번에도 천재가 천재다움을 증명해 냈다.」

국내 신문 기사 내용들이 스카이 포레스트와 차준후에 대한 찬양 일색으로 일제히 뒤바뀌어 버렸다.

언론은 대세를 따라가는 경향이 있었다.

얼마 전까지 위기라고 떠들어 대던 국내 언론들이었지만, 이제 그런 분위기는 눈을 씻고 찾아 봐도 볼 수가 없게 됐다.

"이야! 스카이 포레스트가 발표회를 하니까, 외국 방송국 사람들도 몰려오는구나."

"다른 기업들 발표회와는 차원이 달라."

"격이 다르다는 걸 보여 주는 거지. 어느 기업이 발표회를 그 넓은 서울시청 대강당에서 열 수 있겠어?"

"그 대강당을 꽉꽉 채운다고 하더라. 그러고도 참석하고 싶은 사람들이 넘쳐 나서 어쩔 수 없이 잘라 냈다고 들었어."

"정말 대단한 하늘숲이야."

의외의 장소인 서울시청 대강당에서의 발표회는 국내외의 화제로 떠올랐다.

이 발표회에 스카이 포레스트는 미화로 무려 10만 달러를 사용했다. 단순한 발표회가 아닌 성대한 축제로 만들겠다는 의도였다.

발표회 초대장을 담당하는 사람은 실비아 디온이었다.

그녀는 스카이 포레스트에 좋은 기사나 방송을 하는 언론 관계자들에게는 비행기값과 호텔비 등의 체류비 등을 지원해 줬다.

언론 관계자들뿐만 아니라 가족이나 지인들까지 함께 초청했다.

1인당 동반 3인까지 들어가는 모든 비용을 스카이 포레스트에서 지불했다.

CBC 방송국의 미용 방송 프로그램인 뷰티 월드 관계

자들과 동반자들만 해도 무려 40명에 육박했다.

비행기값과 최고급 호텔 숙박비, 식사비 등을 스카이 포레스트가 책임졌다.

서울의 모든 최고급 호텔이 스카이 포레스트의 대량의 예약 때문에 방을 구하기 힘들 정도였다.

- 이러면 공짜 한국 여행이나 마찬가지야.
- 그렇지 않아도 가족들이 한국에 가 보고 싶다고 했어.
- 내 아내와 딸은 한국의 스카이 포레스트 직영점에 꼭 가 보고 싶다고 했어. 얼마 전에 많은 돈을 주고 집을 구매했기에 솔직히 한국으로 가는 비용이 부담스러웠다고. 스카이 포레스트 덕분에 아내와 딸의 부탁을 들어줄 수 있게 됐어.
- 이야! 스카이 포레스트가 돈을 시원하게 쏘는구나.
- 스카이 포레스트가 하는 발표회는 격이 달라요.

스카이 포레스트가 CBC 방송국를 비롯한 언론사들에게 시원하게 지원금을 쐈다.

미국과 일본의 언론사들에 이와 관련된 소문이 빠르게 퍼져 나갔다.

한국행 비용을 스카이 포레스트가 모두 책임지기 때문에 언론사들은 필요한 소수의 사람을 보내려고 하다가 마음을 바꿨다.

- 우리도 CBC 방송국처럼 지원해 줘요. 우리도 40명 정도 인원을 보낼 생각입니다.

일본의 대표적인 우익 성향 신문사 요미오리에서도 스카이 포레스트에 지원금을 요청해 왔다.

- 요미오리는 지원금 지원 대상에 포함되지 않습니다.
- 네? 무슨 소리인가요?
- 지원금 대상이 아니라는 말입니다.
- 우리가 알아보니까, 마사히 신문사는 지원금을 받았다고 하더군요. 지금 언론사들을 차별한다는 말인가요? 이런 차별 내용을 기사로 내보내도 괜찮나요?

일본의 진보적 성향의 마사히 신문사는 무려 50명을 한국으로 보내기로 했다.

원래는 2명만 보낼 예정이었다가 지원금 덕분에 대량의 사람들을 보내는 것이었다.

실제로 서울 강당에 참석해서 취재를 하는 기자와 촬영 기사는 4명에 불과했고, 나머지는 신문사 관계자들과 동반자들이었다.

스카이 포레스트에서는 묻고 따지지도 않고 50명에 대한 비용을 시원하게 지원했다.

마사히 신문사는 무려 50명의 지원 비용을 받는데, 일본의 대표적 신문사인 요미오리는 한 푼도 받지 못했다.

요미오리 입장에서는 받아들일 수 없는 부분이었다.

돈 때문이 아니라 차별을 받는다는 게 기분 나빴기에 격렬하게 반발하는 게 당연했다.

 - 마음대로 하세요. 어차피 지금도 요미오리에서 소설을 써 가면서 기사를 내보내고 있지 않나요?

 실비아 디온은 이번 발표회에 있어서 스카이 포레스트에 객관적인 기사나 방송을 내보낸 언론사들에만 지원해 줬다.

 이른바 친 스카이 포레스트 언론사와 반 스카이 포레스트 언론사를 구분해서 지원금을 보냈다.

 - 가만히 있지 않겠습니다.
 - 마음대로 하라니까요. 우리도 이미 마음대로 하고 있으니까요. 조만간 미국 남부 연방 지방법원에서 소식이 갈 겁니다.
 - 무슨 소리인지?
 - 소설을 써 가면서 기사를 보도했죠? 미국 남부 연방 지방법원에 소송을 제기했어요. 피해 금액, 차준후 대표님에 대한 명예훼손, 대표님 평판 회복 비용, 정서적 피해 금액, 징벌적 손해 배상금 등에 관련된 소송이에요. 최소 1억 달러의 손해 배상을 받으려고요.

 실비아 디온은 최소 1억 달러의 손해 배상을 주장하는 소송을 미국 남부 연방 지방법원에 접수했다.

 김운보 변호사가 미국의 법무법인과 함께 진행하고 있

는 소송이었다.

 엄청난 대형 소송이었는데 미국의 유명한 법무법인이 함께하고 있었다. 미국 법무법인에 따르면 승소할 가능성이 아주 높다고 했다.

 요미오리가 차준후의 명예를 훼손한 혐의가 분명했고, 스카이 포레스트에 악의적인 기사를 의도적으로 잔뜩 내보냈으며, 이로 인해 스카이 포레스트의 매출과 영업에 타격을 입었다는 것이었다.

 미국 남부 연방 지방법원 배심원단에게 인정을 받으면 진짜 1억 달러가 넘는 손해 배상금을 지급받을 수도 있었다.

 막대한 손해 배상금을 떠나서 요미오리에게 본때를 보여 줄 수 있는 일이었다.

 요미오리를 비롯한 일본의 모든 보수 성향 언론사들에 실비아 디온의 미국 법원 소송이 들어갔다.

 하나같이 스카이 포레스트에 악의적인 기사와 방송을 내보낸 곳들이었다.

 실비아 디온의 고소로 인해 미국 LA 경찰과 검사는 일본에서 벌어지고 있는 악의적인 기사들에 대한 조사를 펼쳤다.

 스카이 포레스트 미국 법인에 해를 끼쳤기 때문에 미국 LA 경찰과 검사가 형사적으로 들여다볼 수 있었다.

실비아 디온은 전방위적으로 악의적인 내용을 내보낸 언론사들을 압박했다.

차준후에게 배운 것처럼 아주 화끈하게 반 스카이 포레스트 언론사들을 공격하고 있었다.

이번 기회에 아주 뿌리째 뽑으려고 하는 게 분명했다.

지원금을 받으려고 했다가 막대한 손해 배상금을 지불할 처지에 몰린 요미오리에서 차준후와 스카이 포레스트에 대한 악의적인 기사가 싹 사라졌다.

- 1억 달러라고요? 스카이 포레스타가 미친 것 아닌가요?

- 단순하게 생각할 게 아닙니다. 변호사에게 자문을 받아 봤는데, 문제가 심각해요. 미국 법정에서 징벌적 손해 배상금을 지불해야 할 수도 있다고 말하고 있어요.

- 기사만 내보냈는데 징벌적 손해 배상을 한다는 게 말이 되나요?

- 악의적인 기사를 지속적으로 내보냈다는 게 가장 큰 문제라고 했습니다. 배심원단이 스카이 포레스트의 주장을 받아들일 가능성이 크다고 합니다.

- 비방할 목적이 없었다고 하세요. 사실로 믿을 이유가 상당했잖아요? 위조품 때문에 허위임을 인식하지 못했다고 주장합시다.

- 단발로 내보낸 기사였다면 통할 수도 있었겠지만 지

속적으로 보도했다는 게 문제입니다. 비방할 의도를 가지고 있다고 볼 여지가 충분합니다.

 일반적인 시각으로 봤을 때 신문사와 기자들이 사실관계를 지속적으로 파악하지 못했다는 건 비난받아 충분했다.

 일반인들로 구성되는 미국 배심원단에게 괘씸죄를 적용받아 징벌적 손해 배상금을 물어야 할 가능성이 높았다.

 - 기사를 작성한 기자의 단독 행동으로 몰아갈 수 있지 않나요?

 - 말씀하신 변명들을 해 보겠지만 어려운 법정 싸움을 해야 할 것 같습니다. 이는 제 사견이 아니라 우리나라 변호사들과 미국 변호사들에게 자문을 받아 본 내용입니다.

 - 미국에서 가장 유명한 법무법인을 고용하세요. 법정에서 스카이 포레스트에 패배하는 일은 일어나서는 안 됩니다.

 - 저기 그게…… 가장 유명한 법무법인 변호사들과 함께하는 건 불가능합니다.

 - 무슨 이유가 있나요?

 - 스카이 포레스트에서 이미 선임했기 때문입니다.

 - 이번에 아주 작정하고 나서는 거군요.

 - 많은 돈을 벌어들이는 걸로 유명하잖습니까. 최악의

경우 1억 달러 이상의 손해 배상금을 지불할 수도 있습니다.

- 우리가 잠자고 있는 사자의 코털을 건드린 것 같네요.

- 언론의 자유를 주장하고, 은밀하게 스카이 포레스트와의 우호적인 관계를 추진해 보세요. 법정에서 판결이 나기 전에 좋게 지냈으면 합니다. 앞으로 악의적인 기사를 내보내지 않겠다는 점도 분명히 밝히시고요.

- 효과가 있을지 모르겠지만 해 보겠습니다.

요미오리를 비롯한 일본의 보수 언론사들에 아주 거대한 불똥이 떨어졌다. 너무나도 뜨거워서 언론사들을 활활 불태워 버릴 정도였다.

제9장.

영웅

영웅

 요미오리가 실비아 디온에게 앞으로 우호적으로 지내자고 연락을 보냈다.
 실비아 디온은 법정에서 보자면서 제안을 단호히 일축해 버렸다.
 실비아 디온은 아빠 찬스를 이용해서 방대한 조사를 하였고, 소송의 빌미를 제공한 언론 기관과 기자들을 모조리 걸어 버렸다.
 처음 애교를 받아 본 그녀의 아빠는 가문의 힘까지 활용하면서 모든 걸 동원했다.
 대대로 장성을 배출하고 있는 디온 가문의 힘은 미국 정치권에도 영향을 끼칠 정도로 엄청났다.
 장교 출신들 가운데 일부는 정치인으로 삶을 보내고 있

기도 했다.

　디온 가문은 군인 가문인 동시에 정치인 가문이기도 했다. 가문 사람들 중에는 상원의원과 하원의원도 있었다.

　몇 년 전에는 주지사도 한 명 있었는데, 안타깝게도 최근 선거에서 상대 후보에게 밀려서 낙선하고 말았다.

　미국 전체에 영향력을 끼칠 수 있는 힘이 스카이 포레스트에 위협적인 언론사들을 마구 파헤치고 있었다.

「스카이 포레스트, 요미오리에 1억 달러 소송.」

「가짜뉴스에 칼을 빼든 스카이 포레스트.」

「악의적인 거짓 기사들을 마구 내보내다가 살려 달라고 구차하게 구걸하는 요미오리.」

「눈물을 쏙 빼게 만들어 버리겠다. 법정에서 보자.」

「일본의 보수신문사들에게 제대로 한 방 먹인 스카이 포레스트.」

「스카이 포레스트에서는 왜 미국에 소송을 걸었는가? 징벌적 손해 배상금 때문이다.」

「요미오리가 벌벌 떨고 있는 건 막대한 징벌적 손해 배상금을 지불할 수도 있어서다. 대한민국 법원이 솜방망이 처벌을 내릴 때, 미국은 악의적이라고 판단되면 천문학적인 손해 배상금을 때려 버린다.」

「요미오리는 박살 났다.」

「일본 타도! 그 선봉장에 선 차준후 대표의 당당한 모습을 단독 보도한다.」

1억 달러의 소송전이 알려지는 순간, 한국의 신문사들이 일면에 대서특필했다.

한국인이라면 환호성이 터져 나올 수밖에 없는 내용이었기에 기자들도 신바람을 내가면서 기사를 작성하였다.

정국이 혼란스러운 1961년 뼛속까지 시원하게 만들어 주는 기사 내용에 사람들이 환호성을 터트렸다.

일본의 보수 언론사들을 박살 내고 있는 차준후가 일약 영웅으로 떠올랐다.

그동안 일본의 거짓 기사들에게 휘둘렸다고 생각한 한국인들은 분통을 터트렸다.

이런 분위기가 대한민국에 확산하면서 일본 보수 언론은 엄청난 공분을 샀다.

"나는 믿고 있었다고. 이런 날이 올 줄 알았지."

"며칠 전에 스카이 포레스트가 위기라고 하지 않았니?"

"그랬지. 위기를 넘어선다는 걸 알고 있었다는 소리야. 영웅은 난세에 나오는 법이니까."

"입이 달렸다고 구렁이 담 넘듯이 말은 잘하는구나."

"속이 다 시원하다."

"일본 언론이 가짜 기사로 떠들어 대고 있을 때 침묵한 이유가 있었어. 단번에 쓸어버리겠다는 거였다고."

"1억 달러면 대체 얼마야?"

"음! 요즘 환율이 650환에 1달러이니까. 계산은 네가 해 봐라. 아무튼 천문학적으로 많은 액수이지."

"제발 다 받을 수 있으면 좋겠다. 내가 간절히 기도한다."

"최소 1억 달러를 주장한 거야. 법정에서 더욱 많은 손해 배상금을 받을 수도 있어."

"미국에서는 잘못하면 그야말로 탈탈 털리는구나."

"그러니까 범죄자들을 미국 법정에 세운 거다."

한국인들에게 요미오리와 소속 기자들은 범죄자 취급을 받고 있었다.

"요미오리뿐만이 아니야. 스카이 포레스트에서는 요미오리를 비롯한 일본 언론사들에게 마구 소송을 제기했다고 했어."

"대단하다."

"하늘이 차준후와 같은 영웅을 보내 주신 데에는 반드시 대한민국을 부흥시키라는 뜻이 있는 거야."

"좋은 이야기네. 차준후 때문에 풍족하게 먹고 살 수 있게 된 사람들이 많이 늘어났지."

스카이 포레스트에 직접 고용하고 있는 직원들만 해도

엄청났고, 협력업체까지 따지면 그 숫자는 십만 명이 넘어섰다.

스카이 포레스트에서는 방문판매원들을 꾸준하게 모집하고 있었고, SF 패션에서는 의류공장을 확대하면서 많은 직원들을 모집하고 있었다.

전국의 잠농업 관계자들은 생사 협동조합에 속속 가입하고 있었다.

스카이 포레스트가 계열사를 늘리거나 신사업을 할 때마다 대한민국이 들썩거렸다.

협력업체로 올라서기만 해도 엄청난 이득을 누릴 수 있었고, 새로운 미래의 밥그릇을 찾을 수도 있었다.

요즘에는 건설 업체들이 SF 화학의 플랜트 시공에 군침을 잔뜩 흘렸다.

플랜트 시공에 참여한다는 자체만으로 대한민국에서 우뚝 설 수 있는 절호의 기회였다.

신문 가판대에는 수많은 사람들로 붐볐다.

소송전 이야기와 함께 대한민국 최고의 기업인 스카이 포레스트는 그 어느 때보다 주목을 받고 있었다.

그리고 기업보다 더욱 사람들의 관심을 끌고 있는 존재가 있었으니 바로 차준후였다.

"차준후는 지금 무엇을 하고 있을까?"

"일본을 박살 내기 위해 고심하고 있겠지."

"나도 그렇게 생각해. 하지만 고심은 아니라고 봐. 그냥 가볍게 손가락으로 짓눌러 터트릴 수 있는 상대인데, 왜 고심 따위를 하겠어?"
"네 말이 맞다. 차준후와 비교하면 격이 한참이나 떨어져. 내가 말을 실수했어."
"알면 됐다. 다음부터는 차준후의 천재성을 각별히 유념하면서 이야기를 하라고."
"오늘 술값은 내가 낼게."
"좋았어. 안주가 푸짐한 곳으로 가자."

신바람 나는 기사로 인해 전국의 술집들이 엄청난 매상을 올리게 됐다.

술집을 운영하는 사장님들은 차준후 때문에 살맛이 났다. 신문 일면에 차준후에 대한 좋은 기사가 나올 때마다 평소보다 매출이 두세 배 이상 늘어났기 때문이었다.

차준후가 스카이 포레스트가 외부의 움직임으로 인해 흔들리자 곧바로 천재의 저력을 보여 주고 있다. 과연 발표회에서 어떤 행보를 보여 줄지 많은 이목이 쏠렸다.

* * *

천운식당.

허름한 나무 간판을 내걸고 있는 천운식당은 종로의 오

래된 노포집이었다. 힘찬 붓글씨로 적혀 있는 간판이 무척이나 인상적이면서 정겨웠다.

식당에 유일하게 존재하는 방에서 외투를 걸치고 있는 한 사내가 노포 안의 분위기를 화첩에 담느라 바빴다.

미닫이문은 활짝 열려 있었고, 사내는 식당 안을 살펴볼 수 있었다.

사내는 전영식이었다.

작년 말부터 성삼미술대전을 준비하느라 바쁜 시간을 보냈다. 대회에 보낼 작품 완성을 거의 끝마쳤기에 여유가 생겼다.

그래서 오랜만에 세상에서 가장 존경하는 차준후와 저녁 식사를 함께하게 됐다.

예정된 약속 시간보다 삼십 분 먼저 동태찌개와 동태지짐이로 유명한 천운식당에 도착했다.

두근거리는 마음으로 차준후를 기다리고 있는데, 그의 귓가에 차준후에 관련된 술꾼들의 이야기들이 들려왔다.

추운 겨울날이었지만 천운식당은 뜨거운 열기를 내뿜고 있었다.

식당 중간에 위치하고 있는 난로의 열기와 함께 술잔을 기울이고 있는 술꾼들의 열기도 한몫을 거들었다.

"술맛 좋다."

"일본 놈들에게 한 방을 먹여 준 차준후 대표를 위하여!"

"위하여!"

"건배!"

식당에서 술을 마시고 있는 사람들이 차준후 대표에 대한 이야기를 나누고 있었다.

테이블마다 서로 다른 음식들을 먹고 있는 사람들이었지만 대화 내용은 동일했다.

영감이 떠오른 전영식이 연필을 쥐고 노포 안의 분위기를 그림에 담기 시작했다.

스윽! 슥!

연필이 움직일 때마다 화첩 위에 그림이 피어났다.

최대한 분위기를 담기 위해 노력하고 있었지만 술꾼들의 감정과 열기를 담아내기에 역부족이다.

전영식은 존경하는 차준후의 작품을 아름답고 환상적으로 그리고 싶었다. 그렇기에 노포 안에서 차준후를 두고 대단하다며 추켜세우며 이야기하는 술꾼들을 보면서 영감이 반짝인 것이다.

노포와 술꾼들을 그리는 그림의 진정한 주인공은 바로 차준후였다.

등장하지는 않지만 천재 차준후의 대단함을 그림 안에 녹이려고 했다.

영감이 전영식으로 하여금 연필을 들게 만들었지만 명작이라고 할 수 있는 작품을 그리기에는 화가의 실력이 부족하였다.

그의 마음 안에는 차준후의 대단함이 녹아들어 있었지만 그림 안에는 보이지 않았다. 어떻게든 집어넣으려고 노력해도 소용없었다.

가까이 다가서려고 하면 멀어진다고 할까?

말고도 험한 가시밭길이 전영식에게 펼쳐져 있었다.

"아!"

탄성을 터트린 전영식이 결국 연필을 멈췄다.

화첩 안에는 정교하면서 느낌 있는 그림이 그려져 있었다. 그렇지만 자신의 그림 안에 부족한 부분이 전영식의 눈에는 보였다.

"좋네."

차준후가 그림을 보면서 이야기했다.

전영식이 그림 그리기에 열중하고 있을 때 도착했지만 숨소리를 줄여 가면서 기다렸다.

예전에도 몇 번 목격했지만 전영식의 손끝에서 놀라운 작품이 탄생하는 순간을 실시간으로 다시 한번 살폈다.

"부족한 작품이에요."

"어디가 부족한데?"

"심중 깊은 곳에서 솟아나는 울림이 없어요. 이 그림 안에 대표님에 대한 감정을 담고 싶었거든요."

전영식의 목소리가 뒤쪽으로 갈수록 작아졌다.

이건 자신의 꿈이자, 예술가의 세계를 열어 준 차준후에 대한 존경심의 표현이었다.

꿈을 예술 작품 속에 투영할 수만 있다면 새로운 경지로 나아갈 것만 같았다.

"나는 예술에 대해서 너보다 잘 몰라. 하지만 지금 작품이 강하게 나의 심중을 두들기고 있다는 건 알지. 지금 고민하고 있는 사념이 앞으로 평생 너를 따라다닐 거야."

한 단계를 뛰어넘으면 다음 장벽이 기다리고 있는 법!

예술계를 떠나서 모든 곳에서 통용되는 진리이다.

특별한 사람이나 천재라고 해서 이 진리 앞에서 예외가 아니다.

"인정해요."

전영식이 고개를 끄덕였다.

"네가 고민하고 있는 문제는 우리가 살아가면서 직면하고 있는 문제야."

"사장님도요?"

"물론이지. 나도 새로운 화장품을 만들기 위해 고민하고 있어."

"사장님이 고민한다니 믿기지 않네요. 조만간 비단 마스크팩과 무스에 대한 발표를 하실 거잖아요."

저녁 식사는 오랜만의 회포를 풀기 위함이기도 했지만 제품 디자인 의뢰의 자리이기도 했다.

"그것들은 개발했다기보다 그냥 내 머릿속에 들어 있는 걸 끄집어낸 거야."

"그게 개발 아닌가요?"

"다른 사람들이 그렇게 받아들일 수도 있겠지만 내게는 아니야."

참으로 의미심장한 말이다.

사람들을 경악하게 만들 제품을 세상에 내놓으면서도 정작 차준후는 대수롭지 않게 여기고 있었다.

천재의 오만인가?

"음!"

전영식이 고민했다.

뭔가 마음에 와닿을 것 같은데 멀리 떠나가고 있었다.

잡으려고 했는데 도통 가까이 다가올 기미가 보이지 않았다.

전영식 주변에는 사실 훌륭하고 예술적 지식과 교양을 갖춘 사람들도 많았다.

대학교의 미술학과 교수들만 해도 예술적인 부분에 있어서는 차준후보다 높은 수준에 올라 있었다.

그러나 전영식에게 영향을 끼치는 면만 따져 봤을 때 차준후가 가볍게 내뱉은 말 한마디가 교수들보다 훨씬 더 가치 있었다.

모두가 외면하고 있을 때 도움의 손길을 내민 차준후였

다. 전영식은 예술가로 입지를 다지는 데 있어 큰 역할을 한 차준후의 은혜를 잊지 않았다.

전영식은 차준후를 처음 만났을 때의 감격이 아직도 손에 잡힐 듯 뇌리에 선명했다. 전영식 마음속의 진정한 영웅은 누가 뭐라고 해도 차준후였다.

"천천히 단계적으로 나아가 봐. 나도 지금 그렇게 하고 있으니까."

차준후가 자신의 경험을 토대로 조언해 줬다.

21세기에 끝마치지 못했던 줄기세포 화장품 연구를 이어 나가기 위해서 노력하고 있었다.

기반 여건을 만들어서 그때는 미처 이루지 못했던 줄기세포 화장품을 완성시킬 작정이었다.

"교수님이 그림은 경험의 세계라고 말씀하셨어요. 작가가 경험을 통해 소화시킬 수 있어야 그림에 더할 수 있다고요."

"좋은 말씀이네. 그런데 금강산도 식후경이라고 했다. 다른 이야기들은 동태찌개와 동태지짐이를 먹으면서 이야기하자. 아주머니! 주문받으세요."

차준후의 배꼽시계는 한참 전에 울린 상태였다.

평소 정해진 시간에 꼬박꼬박 식사했는데, 전영식의 그림 때문에 늦춰졌다.

"뭐로 드릴까요?"

"동태찌개와 동태지짐이 각각 2인분 주세요."
"오늘 따라 손님이 많아서 조금 기다리셔야 해요. 양해 부탁드려요."
"맛있게 부탁합니다."
차준후가 주문을 마쳤다.
"미국에서 네게 보여 줄 그림 일곱 점을 가지고 왔다. 시간이 나면 회사로 와서 살펴봐. 보고 느끼는 점들이 있을 거야."
차준후는 산타모니아 해변을 산책하면서 방문한 화랑들에서 마음을 울리는 작품들과 미래에 유명해질 작가들의 작품을 구매했다.
그림들은 21세기가 되면 한 점당 최소 수십만 달러를 호가하게 된다. 경매에 내보내면 백만 달러를 넘어서는 작품들까지 사들였다.
그림들의 가치만 따져 볼 때 미래에 천만 달러를 넘어선다.
"내일 바로 갈게요. 사장님의 특별한 안목이라면 믿을 수 있어요."
전영식이 바로 이야기했다.
차준후의 특별함 가운데 하나가 바로 남들이 보지 못하는 걸 본다는 것이었다.
그의 선택을 받는 사람들과 사업들은 하나같이 하늘 높

이 비상하고 있었다.

멀리서 찾은 필요도 없었다.

전영식이 그 사람들 중 한 명이었으니까.

차준후의 선택을 받은 그림 작품이라니, 벌써부터 기대가 됐다.

"생명력이 느껴지는 그림을 보면서 네 고민이 조금이나마 해결됐으면 좋겠다."

"제 고민과 일맥상통하는 부분이 있네요."

식사를 기다리면서 두 사람이 그림들과 그동안 있었던 이야기를 나눴다.

왜소하고 부족한 부분이 많이 보였던 전영식이었지만 못 보던 사이에 부쩍 성장해 있었다.

대학교수들과 함께하면서 부족했던 부분을 많이 채워 넣은 전영식이었다. 이제 극장에서 일하던 시절의 모습은 찾아볼 수가 없었다.

"식사 나왔어요. 맛있게 드세요."

아주머니가 동태찌개와 동태지짐이를 식탁 위에 올려놓았다.

"고맙습니다."

"잘 먹겠습니다."

차준후와 전영식이 고마움을 나타냈다.

"제가 해야 하는 일인데……."

"내가 해 주고 싶어서 그러니까, 괜찮아."

차준후가 팔팔 끓어오르는 동태찌개에서 국자로 두툼한 동태 토막을 떠서 그릇에 담아 전영식에게 건넸다.

"감사합니다."

전영식이 두 손으로 그릇을 받아서 탁자 위에 놓았다.

차준후가 자신의 앞에도 그릇에 동태 토막을 담아서 놓았다.

"아! 좋다. 여기는 진짜 동태찌개 맛집이네."

붉은 국물을 한 입 떠먹자마자 입에서 절로 감탄사가 흘러나왔다.

국물 맛이 끝내줬다.

하루 동안 쌓인 피로가 싹 씻겨 내려가는 기분이었다.

"정말 좋네요. 다음에 또 오고 싶은 곳이네요."

전영식도 차준후를 따라서 국물을 먹어 본 뒤 동감했다. 음식 맛이 좋았지만 더 훌륭한 건 존경하는 차준후와 함께 식사를 한다는 것이었다.

"날씨가 추울 때 먹으면 더 맛있겠다. 날 잡아서 다시 오자."

"연락을 기다리고 있을게요."

"바쁘겠지만 마스크팩과 무스 디자인을 좀 해 줘야겠다."

"하나도 안 바빠요. 설령 바쁘다고 해도 회사 일부터 처리해야죠."

전영식은 수석 디자이너로 월급을 따박따박 받고 있었다. 그럼에도 불구하고 회사에 출근하는 날을 손을 꼽아야만 했다.

차준후의 배려로 미술 공부에 전념하고 있기 때문이었지만, 다른 직원들이 질시와 비난하고 있다는 사실은 알고 있었다.

눈칫밥 먹으면서 살아온 세월이 길었기에 처음부터 느낄 수 있었다. 자신이 욕먹는 건 참을 수 있어도 차준후에게 민폐를 끼칠 수는 없었다.

그렇기에 다른 데 눈길을 돌리지 않고 죽기 살기로 공부하면서 예술 작품들을 만들어 나갔다.

"여기 내가 생각하고 있는 디자인이야."

차준후가 가방에서 두 장의 종이를 꺼내어서 건넸다.

종이 위에는 어린아이가 그린 듯한 조악한 디자인이 있었고, 그 옆으로 설명이 첨삭되어 있었다.

"음!"

"나도 내 디자인이 구린 건 알고 있다. 너무 충격적인 얼굴을 하지 마라."

"그런 게 아니에요. 조금 부족한 면은 있지만 괜찮아요. 동양과 서양의 분위기가 뒤섞여 있다고 할까요? 이 디자인에는 참신함과 생명력이 있어 보여서 집중해서 들여다보고 있었어요."

1960년대에 보여 주고 있는 상품들과는 거리가 먼 디자인이었다.

차준후가 그린 그림이 조악한 건 맞지만, 그 안에 깃든 세련됨과 참신함은 항상 감탄을 불러일으켰다.

"조금?"

"……그림이 약간 많이 부족하기는 해요. 하지만 대표님이 화가는 아니니까 괜찮아요."

"하긴 디자인을 잘 그려 내는 게 내 책임이 아니지."

"맞아요. 디자인을 멋지고 환상적으로 그려 내는 건 수석 디자이너인 제 몫이라고요."

전영식의 뇌리에 영감이 폭발적으로 솟구쳐 올랐다.

차준후의 디자인 그림을 볼 때마다 느끼고 있는 감정이었다.

차준후가 동태찌개와 동태지짐이를 먹으면서 전영식과 이야기를 주고받았다.

편안한 대화는 화장품 업계를 뒤흔들기에 충분한 파괴력을 가지고 있었고, 향후 미술계에 커다란 발자취를 남기는 전영식에게도 영향을 끼치고 있었다.

* * *

"대표님, 일본 여행을 다녀오시는 건 어떠세요?"

실비아 디온이 뜬금없는 제안을 해 왔다.

"갑자기요?"

의자에 앉아 느긋하게 커피를 마시고 있던 차준후가 물었다.

"재미난 구경거리가 준비되었다고 해서요. 이참에 일본이나 갔다고 오려고요."

"음! 맡긴 업무와 관련된 구경거리인가 보군요."

차준후는 갑작스런 일본 여행에 관한 느낌이 왔다.

얼음이 녹기 전에 처리하겠다는 실비아 디온이 이 시기에 한가롭게 일본으로 놀러 갈 이유가 없었다.

일본에 가야 한다면 적의 수급을 베는 일 때문이리라!

"히히히히! 맞아요. 오늘 저녁에 위조품 일제 단속을 벌인다고 하네요."

실비아 디온이 정신 나간 듯한 웃음소리를 흘렸다.

일본 정부가 잘못된 선택을 하지 않도록 미국의 정치권에서 압박을 가했다.

미국 무역 대표부도 지식재산권을 보호하지 않는 위조품 사태에 대한 우려를 나타냈나.

일본 내에서 위조품 판매가 즉각 중지될 수 있도록 다방면으로 조치해 줄 것을 강력히 촉구했다.

미국 무역 대표부는 위조품 사태를 방관할 경우 미국 내 기업들의 경제적 피해가 연간 4억 달러가 넘을 거란 연구 결과를 내놓기도 했다.

일본 정부는 정기적으로 위조품 단속을 실시하겠다고 했으나, 위조품 단속을 요청하는 국가가 지속적으로 늘어났다.

유럽의 프랑스, 서독, 덴마크, 영국 등 11개 나라가 일본의 위조품을 문제 삼고 나섰다.

미국만 해도 버티기 어려웠는데 유럽의 나라들까지 합세하자 결국 일본 정부가 무릎을 꿇고 말았다.

사실 일본은 지식재산권과 특허권 위반 등에 대해서 살짝 눈을 감고 있었다.

전쟁으로 무너졌던 자국 경제를 성장시키기 위해 해외의 특허를 지키려는 노력을 거의 하지 않았다.

일본 정부에서 단속에 손을 놓고 있으니 위조품이 만연할 수밖에 없었다.

그런 사실이 스카이 포레스트 사태로 인해 미국을 비롯한 여러 국가들에 의해 통렬하게 지적받고 만 것이다.

결국 이 모든 사태의 발단은 바로 스카이 포레스트 위조품에 있었다. 미국 정부가 발 벗고 나설 만큼 스카이 포레스트의 위상이 높아졌다는 반증이었다.

"후후후! 아주 좋은 일이네요."

"히히히! 일본 최대의 짝퉁 시장을 단속한다고 했어요. 지금 출발하면 재미난 구경을 할 수 있어요. 어디에서 스카이 포레스트 화장품들을 판매하고 있는지 이미 조사를 끝마쳐 놓았어요."

정신 나간 웃음소리를 흘리고 있는 모습을 보면서 무척이나 마음이 흡족한 차준후였다.

저 웃음이 왜 매력적으로 보일까?

그 제자에 그 사부였다.

실비아 디온은 차준후에게 모든 걸 보고 배운 수제자였고, 차준후는 기량이 충만한 수제자를 하산시켰다.

그 수제자가 일본의 위조품 관련자들을 쑥대밭으로 만들려하고 있었다.

적을 상대하는 데 있어 미친다는 건 어떤 의미에서 아주 좋았다.

"후후후후! 그렇다면 함께 갑시다."

차준후의 입에서도 음산한 웃음소리가 새어 나왔다.

머리를 골치 아프게 만들었던 일을 해결하는 모습을 직접 보고 싶었다.

엉덩이가 절로 들썩거렸다.

실비아 디온에게 위조품 처리 업무를 맡긴 선 아주 현명한 처사였다.

"히히히히히! 가실 줄 알고 이미 비행기 표 끊어 놓았어요."

실비아 디온이 비행기 표를 꺼내어서 차준후에게 내 보

였다.

"나쁜 자들이 박살 나는 모습을 놓칠 수는 없죠."

적을 쓰러뜨리는 데 있어 인정사정 보지 않는 건 차준후가 원조였다.

"개박살 나는 현장을 직접 목격할 생각을 하니 벌써부터 짜릿해요."

원조에 전혀 뒤지지 않는 광기를 보여 주고 있는 실비아 디온이었다.

엉뚱한 모습과 광기 어린 말투를 보여 줄 때마다 살짝 무섭기도 하지만 적을 상대할 때는 아군이었기에 무척이나 든든했다.

* * *

김포 공항에서 이륙한 비행기가 오후 3시 30분에 일본의 도쿄 하네다 공항에 도착했다.

도쿄도 오타구에 위치한 하네다 공항은 아시아에서 가장 북적이면서 첫 번째로 큰 국제공항이다.

하네다 공항의 활주로에서 수십 대의 비행들이 이륙과 착륙을 하고 있었다.

하네다 공항은 김포 공항과는 비교할 수 없는 활기를 띠고 있었다.

국제공항인 하네다 공항에는 많은 사람들로 번잡했다.

"대표님, 드디어 승리의 깃발을 꽂기 위해 적진에 도착했어요."

"조용히 갑시다."

차준후가 흥분하려는 실비아 디온의 급발진을 자제시켰다.

그들이 항공기 트랩을 통해 비행기에서 내리자 금발 서양인들과 기모노를 입은 일본 여성들도 보였다.

이 시대에 비행기를 타고 다닐 정도면 기본적으로 잘 사는 사람들이었다. 그래서 그런지 사람들의 표정은 밝고 분위기도 즐거워 보였다.

일본은 눈부신 고도성장을 하고 있었고, 도쿄는 1961년 인구 천만 명을 넘어섰다.

"여권을 보여 주세요."

입국 심사대의 여직원의 말투가 상냥했다.

"여기요."

차준후가 여권을 꺼내서 내밀었다.

"한국?"

여권을 본 여직원의 안색이 갑작스럽게 차가워졌다.

방금 전 지나간 금발 사내에게 보여 줬던 태도와는 완전히 다른 모습이었다.

차준후가 말없이 고개만 살짝 끄덕거렸다.

"방문 목적은요?"
"비즈니스입니다."
"숙소는 잡았나요?"
"미팅이 끝난 후, 바로 돌아갈 예정입니다."
"불법 체류를 목적으로 방문했나요?"
여직원이 단도직입적으로 물었다.

단속

한국에서 일본으로 입국하여 불법 취업하는 사람들이 늘어나고 있는 실정이었다.

불법 체류하면서 일본인들이 기피하는 3D 업종의 일들을 한국인들이 하고 있었다.

일본에서 한두 달만 일해도 한국에서 일 년 넘게 일하며 받는 돈보다 많은 돈을 벌 수 있었다.

한국인들의 불법 체류는 일본에서 큰 골칫거리로 등장했다.

"……아닙니다."

무척이나 불쾌한 질문에 차준후가 눈살을 찌푸렸다.

"소지품들을 살펴봐야겠네요. 소지하고 있는 물품들을 모두 꺼내세요."

소지품을 검사하겠다는 여직원의 태도는 무척이나 오만불손했다.

 해외에서 들어오는 외국 손님을 가장 먼저 접하는 입국 심사대의 직원은 일본의 외교관과 같은 역할을 하고 있었다.

 차준후가 바구니에 지갑과 포드 자동차 열쇠 등을 꺼내서 올려놓았다. 평소 가볍게 돌아다녔기에 바구니에 놓인 물건들은 단출했다.

 유럽의 유명한 명품 회사의 로고가 박힌 지갑이 반짝반짝 빛을 발했고, 포드 자동차 열쇠 역시 존재감을 드러냈다.

 슥!

 여직원이 차준후를 힐끔 쳐다보았다.

 그제야 차준후의 몸에 두른 시계와 양복 등이 그녀의 눈에 가득 들어왔다.

 차준후가 산타모니카의 유명 매장들을 돌아다니면서 구매했던 명품들이었다.

 산타모니카에는 세계의 유명한 명품들이 모두 진출해 있는 쇼핑의 성지였고, 그곳의 최고급 명품매장들에서 차준후는 짧은 시간 안에 VIP로 올라섰다.

 '명품으로 몸을 도배했네.'

 입국 심사대에서 일하면서 수많은 사람들을 보아 왔지만 머리에서 발끝까지 희귀한 명품으로 도배한 사람은 보지 못했다.

일반 사람들을 쉽게 접할 수도 없는 소량만 생산하는 희귀 명품들이었다.

지금 차준후의 몸에 걸친 명품들만 따져 봐도 엄청난 거액이었다.

집 몇 채를 몸에 두르고 있다고 할까?

그녀는 평소 명품에 관심을 가지고 있었기에 희귀한 명품을 알아봤다.

잡지와 방송 등을 통해서만 접한 희귀한 명품을 두 눈으로 목격하게 됐다.

짝퉁이 유행하고 있다고 하지만 아무리 봐도 진품이었다. 희귀한 명품들은 짝퉁들이 모방할 수 없는 눈부신 광채를 내뿜는다.

꿀꺽!

여직원이 침을 삼켰다.

한국 여권을 보고서 깔보는 마음에 입국심사를 까다롭게 펼쳤는데, 엄청난 삽질을 했다는 걸 깨달았다.

"대표님, 무슨 일이세요?"

입국심사대를 통과한 실비아 디온이 차준후에게 다가오면서 물었다.

눈부신 미모를 자랑하는 그녀의 몸에도 차준후에 못지않은 명품들로 도배가 되어 있었다.

"입국 심사가 까다롭네요."

"음! 제가 지켜보니까, 문제가 있어 보이는데요."

"불법 체류가 걱정되어서 심사를 해야 한다고 합니다."

"훗! 대표님이 불법 체류를요? 말도 안 되는 헛소리네요."

실비아 디온이 여직원을 서늘하게 쏘아보았다.

여직원의 한국 사람들에 대해서 불손하고 불친절하게 대하는 자세는 문제가 많았다. 차준후가 지시만 내려 주면 공항과도 한판 거하게 대결할 수도 있었다.

정직이나 감봉, 심지어 해고까지 밀어붙일 수 있지 않을까?

"공항에 문제를 제기할까요?"

실비아 디온은 싸울 준비가 되어 있었다.

감히 차준후에게 무례한 행동을 보인 여직원을 심하게 물어뜯으려고 으르렁거렸다.

"……."

여직원이 잔뜩 긴장한 표정이었다.

자신이 공항에 영향을 끼칠 수 있는 대단한 사람을 건드렸다는 걸 자각했기 때문이었다.

"괜찮습니다."

차준후는 직원의 한국에 대한 태도를 문제 삼지 않았다.

구태여 손을 보지 않아도 불손하고 불친절한 모습은 언젠가 커다란 문제를 야기시킬 테니까. 업보는 반드시 자신에게 되돌아오는 법이다.

"죄송합니다."

죽다가 살아난 여직원이 차준후에게 허리를 숙였다.

소지품 바구니를 두 손으로 공손하게 내밀었고, 차준후가 지갑과 자동차 키 등을 다시금 품에 넣었다.

"아쉽네요. 제대로 물어뜯을 수 있었는데……"

실비아 디온이 검색대를 떠나면서도 여직원을 끝까지 노려보았다. 물어뜯지 못해서 아쉬운지 입맛까지 다시는 모습이었다.

"저런 사람들은 일본에 아주 흔합니다. 얼마 전까지 자신들이 통치했다는 우월감 때문에 한국을 한 수 아래로 내려다보고 있는 거지요."

"대한민국은 대표님을 보유하고 있는 나라입니다. 일본인들이 무시할 수 있는 나라가 아니라고요."

"좋게 생각해 줘서 고맙군요. 저런 우월감을 가지고 있는 사람들을 일일이 손볼 수는 없어요. 공항에 문제를 제기해서 저 여인을 해고시키면 마음은 시원할지 몰라도 어차피 일본의 근본적인 분위기는 바뀌지 않거든요. 손을 보려면 일본 전체를 대상으로 하는 게 맞아요."

"와아! 대단하세요. 개인이 아닌 나라와 싸우겠다는 거

아닙니까? 진짜 나쁜 건 차별을 조장하는 일본이라는 말씀이시죠. 존경합니다."

실비아 디온의 눈초리가 초롱초롱해졌다.

역시 존경하는 차준후다웠다.

개인은 사소해서 싸우지 않고, 일본이라는 나라를 상대하겠다니!

"음⋯⋯."

차준후가 침음을 흘렸다.

"저번에 말씀하신 것처럼 뿌리를 뽑아야 한다는 거죠. 근본부터 바꾸지 않으면 한국인을 차별하는 일본인들은 계속 나올 테니까요."

근본적으로 일본의 한국에 대한 마음을 고쳐야 한다는 원론적인 대답을 했을 뿐이었다.

도대체 왜 일본과 싸우는 걸로 바뀌었는지 이해가 가지 않았다.

이번에도 4차원적인 면모를 유감없이 드러내는 실비아 디온이었다.

계속해서 이야기하면 어디로 튈지 몰랐기에 차준후는 오해를 내버려뒀다.

"제가 똑바로 이해한 거죠?"

"그렇다고 해 둡시다."

"오늘도 배웠네요. 나무가 아닌 숲을 봐야 하는 법이

죠. 더욱 크게 봐야 한다는 귀한 가르침을 주셔서 감사해요."

"배웠다니 기분이 좋네요."

아무래도 아닌 것 같았기에 차준후는 짧게 인정하기만 했다.

여기서 조목조목 따져 가면서 명확하게 말해 줘도 왜곡해서 받아들일 것이 확실했다.

뻔히 보였기에 그냥 인정하고 만 것이다.

"일본이란 나라와 싸우다니, 대표님 스케일은 정말 놀랍네요. 제가 그 선봉장에 나설 수 있다는 게 영광입니다."

봐라!

알아서 날뛰고 있지 않은가.

흥분한 실비아 디온에게서 떨어지기 위한 차준후의 발걸음이 빨라졌다.

"대표님! 같이 가요."

실비아 디온이 차준후와 발걸음을 맞췄다.

요즘 운동을 해서 그런지 발걸음도 가볍게 내디뎠다.

"차준후 대표님! 여기입니다."

공항에는 거래하는 일본의 향료 업체인 요신향료의 구로사와가 나와 있었다.

'스카이 포레스트'라고 붓으로 큼직하게 쓴 영어 플래

카드를 번쩍 들고 있었다.

구로사와는 차준후의 일본행 이야기를 전해 듣고 일본에 도착하기를 기다리고 있었던 것이다.

이번 위조품 사태로 정식 수입처인 요신향료도 많은 피해를 입어야만 했다.

늘어나는 피해를 보면서 실비아 디온과 함께 위조품에 대한 대처를 하고 있었다.

"오랜만입니다. 그간 잘 지내셨습니까?"

"배려해 주신 대표님 덕분에 잘 지냈습니다."

"안녕하세요. 실비아 디온입니다."

"서신으로만 연락했었는데, 처음 인사드립니다. 구로사와입니다."

구로사와는 그동안 위조품 대처에 대해 손발을 맞추기 위해서 실비아 디온과 서신으로 많은 연락을 주고받았다.

그렇기에 처음 대면하는 것이었지만 친숙한 느낌을 받았다.

그에 반해 무미건조한 성격의 실비아 디온은 특별한 호감을 드러내지는 않았다.

"나가시죠. 차량을 준비해 놓았습니다."

구로사와가 두 사람을 안내했다.

세 사람이 공항 밖으로 나와 운전기사가 대기하고 있는

차량에 몸을 실었다. 공항을 벗어난 차량이 도쿄 시내로 들어섰다.

"여기가 도쿄군요."

차준후가 도쿄 풍경을 바라보면서 중얼거렸다.

전후 쑥대밭이 되었던 도쿄는 눈부신 발전을 거듭하고 있었다. 현대식 건물들과 빌딩들이 대로변을 따라 쭉 늘어서 있었다.

"지금 차량이 운행하고 있는 곳은 오타구 지역으로, 도쿄 특별구 중 가장 큰 면적을 자랑합니다. 도쿄도 최대의 공업 지역이기도 하고요."

구로사와가 차준후에게 창문 밖으로 보이는 지역을 설명해 줬다.

"그렇군요."

차준후의 눈에 비친 도쿄 풍경은 그렇게 대단해 보이지 않았다.

세계 제2의 경제대국으로 성장하는 일본이었지만 아직은 가야 할 길이 멀었다.

오타구의 변두리에 위치한 공장지대의 허름한 모습은 서울과 크게 다를 바가 없었다.

"오른쪽으로 보이는 곳이 덴엔초후의 고급 주택가입니다. 일본에서도 손꼽히는 부촌으로 유명합니다."

일본 전통의 가옥들과 현대식으로 지어진 멋진 저택들

이 위치한 곳이었다.

서울로 치면 성북구 성북동의 부촌이라고 할까.

도쿄의 부자들이 모여 있는 부촌의 모습은 확실히 서울보다 대단해 보였다.

인구 천만을 헤아리는 도쿄에서 부자로 살아가고 있다는 건 일본의 정점에 위치하고 있다는 말이기도 했다.

"내가 쓰러뜨려야 할 적장들이 있는 곳이 바로 저곳인가?"

실비아 디온이 다른 사람들이 있어서인지 차준후만 들릴 정도의 작은 목소리로 중얼거렸다.

타인들이 있다고 해서 눈치를 보는 성격이 아니었다. 다만, 비밀을 유지하기 위해서 목소리를 줄였던 것이다.

"죄송하지만 제대로 못 들었습니다. 뭐라고 말씀하셨죠?"

구로사와가 고개를 숙이면서 되물었다.

"혼잣말을 한 것이니까 신경 쓰지 않으셔도 됩니다."

차준후가 황급히 문제를 덮었다.

알려지면 실비아 디온의 망신으로만 그치지 않는다.

"자중하세요."

차준후도 옆여 들어갈 수밖에 없었기에 실비아 디온에게 귓속말로 자중하라고 당부했다.

"넵! 기도비닉을 유지하겠습니다. 방금 전의 실수는 잊어 주십시오."

 실비아 디온도 차준후의 귓가에 작게 속삭였다.

 군인 가문 출신이라 그런지 말하는 게 심상치 않았다.

 '사이가 좋네.'

 앞좌석에서 볼 때는 두 사람이 허물없이 편안하게 대화하는 것처럼 보였다. 친밀한 모습이 어떻게 보면 연인처럼 보이기도 했다.

 "회사로 모시겠습니다."

 "일본을 방문한 이유가 있어서 요신향료는 다음에 가겠습니다."

 "무슨 이유가 있는지요?"

 "위조품 단속을 구경하러 왔습니다."

 차준후가 일본 방문의 진정한 이유를 밝혔다.

 짝퉁에 대한 일제 단속은 은밀하면서도 갑작스럽게 진행됐다.

 시간이 없었고, 있었다고 해도 아군이라고 해도 정보가 밖으로 새어 나갈 수 있기에 실비아 디온은 구로사와에게 알리지 않았다.

 "언제 단속을 합니까?"

 구로사와는 위조품을 처음 발견했을 때 경찰서와 관세청 등에 신고를 했지만 어느 곳도 조치를 취하지 않았다.

 그런데 대단한 차준후는 한국에 있으면서도 일본의 일

제단속을 이끌어 냈다.

참으로 대단한 사람이었다.

실제로 위조품 일제 단속을 이끌어 낸 데 큰 힘을 발휘한 장본인은 바로 실비아 디온이었다.

"오늘 저녁 일곱 시부터 일본 전역에서 단속을 대대적으로 펼칩니다. 저희는 일본에서 가장 큰 짝퉁 시장인 도쿄도 주오구의 긴자를 살펴보기 위해서 왔습니다."

* * *

일본 도쿄도 주오구 긴자.

저녁 시간이 되자 퇴근한 직장인들을 비롯한 많은 사람들이 긴자의 거리를 돌아다녔다.

대로변뿐만 아니라 뒷골목에까지 많은 사람들로 북적거렸다.

어두운 밤이었지만 긴자 거리는 불야성을 이뤘다.

조명이 환하게 빛나고 있는 긴자 거리의 상점들에는 사람들로 붐볐다.

일본 최고의 번화가다웠다.

상점들 앞에는 수많은 호객꾼들이 나와서 영업을 펼치고 있었다.

키요타다는 많은 호객꾼들 가운데 한 명이었다. 그렇지

만 그는 조금 특별했는데, 정품이 아닌 짝퉁을 판매하기 위한 호객 행위를 펼쳤다.

"지금부터 딱 한 시간만 스카이 포레스트 화장품의 특별 세일을 합니다."

"어머! 몇 프로 세일하나요?"

예쁜 여인이 훤칠한 사내의 팔을 잡아끌면서 키요타다에게 접근했다.

생글생글 웃고 있는 여인은 바로 실비아 디온이었다.

일본어로 대화하고 있었는데, 억양이 일본인이라고 해도 믿을 정도로 자연스러웠다.

당연히 그녀에게 팔을 붙잡힌 사내는 차준후였다.

두 사람은 교묘하게 위조품을 판매하는 현장을 잡기 위해 긴자로 직접 나섰다.

구로사와도 위장 수사를 함께하기를 원했지만 연기를 못해서 제외됐다.

그래서 두 사람이 연인으로 위조품 판매장을 찾아가는 걸로 결정됐다.

"원래 10%만 세일합니다. 그런데 예쁜 미녀에게는 10% 추가로 세일해 줄 수 있죠. 20% 세일을 해 드릴게요."

키요타다가 주변을 둘러보면서 실비아 디온에게 작은 목소리로 이야기했다.

"다른 곳에서는 균일가라면서 깎아 주지 않던데, 엄청난 세일이네요."

"저희 매장이 얼마 전에 오픈해서 출혈을 각오하면서 손님들을 끌어모으는 겁니다. 단골 분들을 늘리기 위함이지요."

"SF-NO.1 밀크와 쿠션을 비롯해서 모든 제품들을 대량으로 잔뜩 구매할 생각이에요."

"좋은 시기에 저희 매장에 잘 오셨습니다. 많이 구매할수록 이득을 보는 겁니다."

"오빠, 할인을 해 준다고 하니까 여기에서 쇼핑을 하고 가요."

"백화점에서 사지 않고?"

차준후가 실비아 디온의 연기에 어울려 줬다.

그의 입에서도 아주 능숙한 일어가 튀어나왔다.

오랜 시간 일어를 사용한 적이 있었기에 실비아 디온에 못지않은 능숙한 발음과 억양을 선보였다.

"스카이 포레스트 제품은 백화점이나 매장이나 차이가 없어요. 여기에서 화장품을 사서 오빠 집안에 인사드리려고요."

실비아 디온이 차준후의 애인 행세를 했다.

그러고도 모자라서 집안에 인사까지 하러 가겠다니.

천애고아인 차준후의 집안에는 인사를 드릴 사람이 한

명도 없었다.

"우리 매장에서 스카이 포레스트 제품을 구매하면 돈을 아낄 수 있습니다."

키요타다가 차준후에게 영업을 뛰었다.

대량 구매를 하겠다는 손님을 놓치지 않겠다는 열의가 느껴졌다.

'서양 여자를 애인으로 두다니, 능력 좋네. 오늘 한 번 당해 봐라. 위조품을 선물해서 큰 난리가 벌어질 거다. 크크크크!'

키요타다가 늘씬한 서양미녀를 애인으로 둔 차준후에게 장난질을 치려고 했다.

아름다운 애인뿐만 아니라 몸에 걸치고 있는 명품들을 보니 속이 뒤틀렸다.

"물건은 확실하죠?"

"그럼요. 스카이 포레스트 정식 수입처인 요신향료로부터 받은 서류까지 다 구비해 놓고 있습니다."

"구입할게요. 안내해 주세요."

차준후가 결정을 내렸다.

"좋은 결정을 하셨네요. 오늘 돈을 버신 겁니다."

키요타다가 엄지손가락을 치켜들면서 차준후의 결정을 추켜세웠다.

"오빠! 잘 생각했어요."

실비아 디온이 차준후에게 팔짱을 끼었다.

연기에 있어 진심인지 아니면 장난인지 모를 일이었다.

"거리에서 이러면 안 돼!"

서양인 특유의 볼륨감이 팔을 타고 전해져 왔기에 차준후가 잠깐 딱딱하게 긴장했다.

슬며시 팔을 빼내려고 했지만 실비아 디온이 더욱 강하게 팔을 움켜잡았다.

"사랑하는 애인이니까 괜찮아. 저기요! 빨리 안내해 주세요."

실비아 디온이 환하게 웃으면서 키요타다를 채근했다.

그 모습을 바라보는 호객꾼의 두 눈에서 진한 부러움과 질시 등이 흘러나왔다.

'내가 오늘 아주 탈탈 벗겨 먹는다.'

실비아 디온의 애교를 부리는 모습 때문에 키요타다가 차준후에 대한 적의를 잔뜩 키웠다.

키요타다를 따라 두 사람이 도착한 매장은 긴자의 골목 안쪽에 위치하고 있었다.

매장에는 스카이 포레스트 도쿄 지점이라는 간판이 걸려 있었다.

미국과 한국에만 있는 공식 판매점 간판과 판박이처럼 똑같은 모습이었다.

일본에는 아직까지 스카이 포레스트 공식 판매점이 존재하지 않았는데, 일반인이 보면 공식 판매점이라고 믿을 수밖에 없을 정도였다.

간판 위에는 스카이 포레스트 10% 특별세일이라는 현수막까지 걸려 있었다.

스카이 포레스트의 유명세와 특별세일의 힘은 대단했다.

매장 안은 많은 사람들로 북적거리고 있었다.

"여기 진짜 좋다. 다음에 다시 방문하자."

"일찍 알았다면 돈을 아끼는 건데……."

"내일 엄마랑 스카이 포레스트 화장품을 구매하러 같이 올 생각이야."

때마침 쇼핑을 마친 세 명의 여성이 재잘재잘 떠들면서 매장 밖으로 나왔다.

그녀들의 손에는 스카이 포레스트 종이 가방이 들려 있었다.

"보세요! 소문이 났기 때문에 많은 사람들로 매장이 붐비고 있잖아요. 가뜩이나 많은 사람들이 오기 때문에 오늘까지만 특별 할인을 할 예정으로 있어요. 손님분들은 아주 운이 좋으신 거죠."

키요타다는 특별 할인이 마지막이라는 걸 강조했다.

"다음에도 스카이 포레스트 제품에 대한 할인을 할 계

획인가요?"

"스카이 포레스트의 전국 균일가 정책 때문에 이번에도 쉬쉬하면서 몰래 하는 겁니다. 계속하고 싶지만 앞으로는 힘들 것 같습니다. 들키면 공식 판매점 자리가 날아갈 수 있어서요."

"그럼 오늘 최대한 많이 구입해야겠네요. 우리 오빠네 집안이 대가족이거든요. 사촌에 팔촌까지 더하면 인사해야 할 친지가 엄청나게 많아요."

"현명한 생각이십니다. 어르신들에게 스카이 포레스트의 SF-NO.1 밀크만 한 선물이 없지요."

키요타다가 환하게 웃었다.

위조품을 많이 판매하면 그에게 떨어지는 수당이 엄청났다.

위조품 판매 가격의 사분의 일이 그의 몫으로 떨어졌다.

한 개라도 더 팔기 위해 대로변까지 나가 열심히 호객 행위를 하는 이유는 모두 돈 때문이었다.

"우선 SF-NO.1 밀크를 백 개 구매할게요. 그만한 물량이 있나요?"

실비아 디온이 무려 백 개에 달하는 물량을 주문했다.

"죄송한데, 돈을 가지고 계신 거죠?"

"아직 환전을 하지 못했어요. 혹시 달러로 계산 가능한

가요?"

 그녀가 지갑에서 백 달러 다발을 수북하게 꺼내 들었다. 얼핏 봐도 SF-NO.1 밀크 백 개를 구매하고도 남는 금액이었다.

 "물론 가능합니다. 달러는 어느 곳에서나 통하는 화폐니까요."

 키요타다가 넙죽 고개를 조아렸다.

 "돈을 걱정하지 말고 SF-NO.1 밀크를 가져와 보세요."

 "잠시만 기다려 주세요. 창고에서 박스째로 가져오겠습니다."

 키요타다가 창고에서 큼지막한 종이 박스 한 개를 들고 나왔다.

 종이 박스 표면에는 스카이 포레스트 로고가 선명하게 박혀 있었다.

 실제 스카이 포레스트에서 출시하는 디자인과 동일한 모습이었다.

 '이야! 백 개가 들어가는 포장 박스까지 똑같이 따라 하다니, 대단하네.'

 차준후도 육안으로는 실제 포장 박스와 큰 차이를 느끼지 못했다. 작정하고 따라서 만든 위조품의 실력에 혀를 내둘렀다.

"대량 구매를 하셨기 때문에 비단 더스트백도 함께 준비했습니다."

더스트백은 얼마 전부터 스카이 포레스트가 특별히 만들어서 공급하기 시작한 천 주머니였다.

비단으로 만든 고급 더스트백은 그렇지 않아도 고급스런 화장품을 더욱 특별하게 만들어 줬다.

스카이 포레스트 더스트백은 판매용이 아니라 화장품 구매 고객들이 원할 경우 언제라도 무상으로 지급되는 상품이었다.

"정말 부드럽네요."

"비단이잖습니까. 스카이 포레스트에서 나오는 더스트백은 다른 회사들 제품과 질적으로 달라요."

"잘 아시네요."

"손님들에게 팔기 위해서는 잘 알 수밖에 없죠. 요즘 가장 잘나가는 화장품 회사가 바로 스카이 포레스트예요."

"자! 여기요."

실비아 디온이 달러 뭉치를 지불하려고 했다.

키요타다가 환하게 웃으면서 달러를 받으려고 했는데, 갑작스럽게 실비아 디온이 손을 뒤로 뺐다.

"왜 이러시는 거죠?"

"요즘 짝퉁이 돌아다닌다고 하더라고요. 이거 정품 맞

나요?"

"당연하죠. 우리 매장은 정품만 취급합니다."

"진짜인가요? 믿고 구매해도 괜찮나요?"

"만약 가품이라는 게 밝혀지면 백 배로 보상하겠습니다."

위조품 매장은 떴다방으로 운영됐다.

오늘까지 이곳에서 장사하고 내일은 다른 지방의 매장으로 옮기기로 계획되어 있었다.

설령 위조품인지 알아차려서 내일 찾아온다고 해도 더 이상 볼일은 없는 것이었다.

"잠깐만요. 우리 오빠가 스카이 포레스트에 대해서 아주 잘 알고 있거든요. 확인을 하고 돈을 지불해도 괜찮죠?"

"……물론입니다."

키요타다가 내키지 않았지만 어쩔 수 없이 승낙했다.

"정말 잘 만들었는데……."

"그렇죠. 스카이 포레스트 제품은 정말 잘 뽑혀져서 나옵니다. 여자들이라면 껌뻑 죽을 정도라고요."

"놀랍습니다."

"여성분께 위조품 의심을 받아서 마음이 서운했는데, 남자분이 알아주시니 눈물이 나올 정도로 고맙네요."

"전문가가 봐도 알아차리기 힘들 정도로 위조품을 잘

만들었다는 이야기입니다."

"네?"

키요타다는 심장이 뚝 떨어질 정도로 놀랐다.

"위조품, 짝퉁이라고요. 진짜인 정품과는 미세하게 다른 부분이 있어요."

차준후의 목소리가 담담하게 매장에 울렸다.

박스채로 대량 구매하는 쉽게 볼 수 없는 모습을 지켜보고 있던 사람들이 있었는데, 그들은 갑작스런 짝퉁 이야기에 수군거렸다.

"여기 있는 게 가짜라고?"

"진짜?"

"어쩐지 다른 곳과 달리 세일을 한다고 했다."

정품인지 알고 구매하려던 사람들의 웅성거림이 점점 커져 갔다.

"손님, 장난치지 마세요. 구매하기 싫으면 그냥 나가시지 왜 장사를 방해하십니까? 여기 물건들은 모두 정품입니다."

키요다다가 한 날자씩 끊어 가면서 강하게 주장했다.

주변으로 매장 안의 점원들과 건장한 체격을 가진 사내들이 등장했다.

"이상한 소리를 하시면 곤란합니다."

"우리 매장이 장사가 잘되니까 망하게 하려고 경쟁 업

체에서 오신 분들이죠? 대로변에 있는 화장품 천운상점에 일하는 모습을 본 적이 있습니다. 영업 방해로 경찰을 부르기 전에 조용히 나가 주시죠."

매장의 직원들이 차준후와 실비아 디온을 경쟁 점포의 사람들로 매도했다.

거짓으로 매장 손님들의 우려와 걱정을 씻어 내려고 하는 것이었다.

"어머! 나쁜 사람들이다."

"괜히 위조품이라고 오해했잖아. 저런 사람들은 경찰을 불러서 혼내 줘야 해."

거짓된 이야기에 사람들이 다시 현혹됐다.

제11장.

금의환향

금의환향

 직원들이 차준후와 실비아 디온을 밖으로 쫓아내기 위해 둘러쌌다.
 허튼소리를 계속하면 가만히 두지 않겠다는 험악한 분위기를 조성했다.
 그럼에도 불구하고 두 사람은 발을 떼지 않고 버텼다.
 험악한 분위기에도 불구하고 겁먹은 기색이 하나도 보이지 않았다.
 "아까 들었는데, 여기가 스카이 포레스트 공식 판매점이라고 했죠?"
 "맞습니다. 우리 매장을 공식 판매점으로 선정됐다는 스카이 포레스트의 서류가 있습니다."
 "이상하군요. 스카이 포레스트 공식 판매점은 한국과

미국에만 있습니다. 일본에는 스카이 포레스트에게 공식적으로 인정받은 판매점이 존재하지 않습니다."

"맞아요. 오빠는 스카이 포레스트 관련된 일에 있어서 전문가라고요. 모르는 게 없어요."

흥미진진한 눈초리로 구경하고 있던 실비아 디온이 차준후를 거들고 나섰다.

"당신 오빠가 누구인데요?"

키요타다가 차준후의 위아래를 훑어보면서 코웃음 쳤다.

대단하다고 해 봤자 위조품 매장에서 무슨 힘을 쓸 수 있겠는가?

어떤 대답이 돌아온다고 해도 비웃어 줄 생각에 물어본 것이었다.

"우리 오빠는 스카이 포레스트의 대표라고요."

실비아 디온이 허리춤에 손을 올리면서 이야기했다.

"네?"

한껏 비웃어 주려고 하던 키요타다가 얼어붙었다.

뭔가 잘못됐다는 걸 크게 느꼈다.

거대한 망치로 머리를 맞았다고 할까?

일순간 주변을 에워싸고 있던 매장 직원들도 멈춰 버렸고, 지켜보고 있던 사람들도 아무런 말도 하지 못했다.

이 순간에 스카이 포레스트의 대표인 차준후가 뜬금없

이 등장할 것이라고 예상한다는 건 불가능했다.

"……."

키요타다의 등에 식은땀이 흘렀다.

전신의 솜털이 바짝 곤두서는 느낌이었다.

그렇지만 이대로 위조품을 인정할 수는 없는 노릇이었다.

"헛소리하지 마세요. 당신이 스카이 포레스트 대표라면 지금과 같은 소리를 절대 할 수 없을 겁니다. 좋게 해결하려고 했더니 더 이상 두고 볼 수가 없네요. 경찰서에 신고하세요. 그리고 도망가지 못하도록 이 사람들 잡아두세요."

키요타다가 무력으로 차준후와 실비아 디온을 제압하기로 마음먹었다.

"악! 대표님, 무서워요."

실비아 디온이 차준후의 오른팔을 꼭 껴안았다.

차준후는 다가오는 사내들을 보면서 눈 하나 깜짝하지 않았다.

"아악!"

"악!"

두 사람을 덮치려고 하던 매장 직원들이 일순간에 비명을 내질렀다.

"아가씨! 괜찮으십니까?"

"당신들을 상표법 위반 혐의로 긴급체포합니다."

매장 안에는 사복경찰들과 실비아 디온의 보디가드들이 이미 입장해 있는 상태였다.

그렇기에 차준후와 실비아 디온이 빳빳하게 고개를 들고서 이야기할 수 있었던 것이다.

실비아 디온의 털끝이라도 다쳤다가는 그녀의 아빠가 총을 들고 매장에 등장할 수도 있었다.

슥!

차준후가 재빨리 실비아 디온에게 붙잡힌 팔을 꺼냈다.

"흥!"

실비아 디온의 콧바람 소리가 살짝 울린 것 같았다.

왠지 모르게 볼이 부풀려진 것처럼 보이기도.

그렇지만 차준후의 시선은 실비아 디온이 아닌 범죄자들에게 향해 있었다.

"상표법을 위반하고 위조품을 판매할 경우 7년 이하의 징역 또는 천만 엔 이하의 벌금형에 처한다고 하더군요. 그리고 민사상 손해 배상 책임도 별도로 져야 하고요."

차준후가 팔이 꺾인 채 무릎 꿇고 있는 키요타다를 보면서 차분하게 이야기했다.

"대표님, 제발 용서해 주세요. 먹고살기가 힘들어서 위조품을 팔았습니다. 집에 병든 노모와 어린 자식들이 있습니다. 용서해 주시면 개과천선해서 착한 사람이 되겠습니다."

"살려 주십시오."

"잘못했습니다."

키요타다를 비롯한 매장 직원들이 고개를 조아렸다.

"저한테 잘못했다고 빌어도 용서는 해 줄 수는 없고, 여러분들 앞으로 소장은 줄 수 있습니다. 민사 소송을 통해 여러분들이 가지고 있는 모든 재산을 탈탈 털어 줄게요."

차준후는 짝퉁을 판매한 범죄자들에게 막대한 손해 배상을 청구할 작정이었다.

"크흑!"

"제발 봐주십쇼."

"용서해 주십시오."

일본 전역에 위조품을 판매하는 매장들이 많았다.

지식재산권과 저작권에 대한 개념이 희박했기에, 일본에서는 짝퉁에 대해서 관대한 분위기였다.

간혹 위조품 사건으로 경찰서에 불려 가기도 하지만 법적으로 크게 문제가 되지는 않았다.

"아! 이것도 알려 줘야겠네요. 이번 일은 미국과 유럽의 나라들이 눈여겨보고 있어요."

차준후는 친절하게 범죄자들에게 박살 났다는 걸 알려

줬다.

 미국과 유럽의 여러 나라들이 일본의 위조품을 문제 삼고 있었고, 스카이 포레스트 역시 예의 주시했다.

 일본이 범죄자들에게 예전처럼 솜방망이 처벌을 했다가는 외교적인 문제로 비화될 수도 있었다.

 "뭐라고요? 이럴 수는 없어요."

 "말도 안 됩니다."

 "저희는 그냥 물건만 떼어다가 팔았을 뿐이라고요."

 범죄자들이 차준후의 바짓가랑이를 붙잡고 애원할 기세였다.

 그렇지만 매섭게 노려보고 있는 사복 경찰과 보디가드들 때문에 움직이지 못하고 두 손을 모아서 싹싹 빌 수밖에 없었다.

 "여러분들에게 살길을 알려 주죠. 손해 배상금을 조금이라도 충당할 수 있는 방법입니다. 일본 특허청에는 위조 상품 신고 포상금 제도라는 게 있습니다. 특허청에 등록됐거나 널리 알려진 타인의 상표를 도용해 위조상품을 제조하는 자 또는 그 제품을 유통하는 사를 신고하면 포상금을 받을 수 있는 제도입니다."

 위조상품 신고 포상금 제도가 있는 건 사실이었다.

 범죄자를 단속하는 데 기여한 신고 중에서 적발 금액이 일억 엔 이상이고, 검찰에 기소 의견 송치된 사건의 신고

자라면 포상금 지급 대상이 된다.

그렇지만 위조품 신고포상금 제도가 만들어지고 난 뒤로 포상금을 지급한 적은 단 한 번도 없었다.

한마디로 유명무실한 제도라는 것이다.

"그 말씀은?"

"단속에 도움이 되는 사항을 신고하면 포상금을 받을 수 있습니다. 손해 배상금에 보탤 수 있다는 소리죠. 다른 사람보다 늦으면 포상금도 날아갑니다."

"저기요! 제가 스카이 포레스트의 상품을 제조하는 공장을 알고 있습니다."

"제가 먼저 신고할게요. 전 전국에 위조품을 유통하고 있는 조직들도 알아요."

"모두 닥쳐! 내가 말할 거야."

매장 직원들이 앞다퉈 가면서 먼저 신고하겠다고 난리였다.

방금 전까지 화기애애하던 그들의 모습은 찾아볼 수가 없었다.

하긴, 범죄자들에게 의리가 어디에 있겠는가.

동료들을 제치고서 먼저 살아보겠다고 날뛰었다.

"범죄 신고는 경찰들에게 말하면 됩니다."

차준후가 범죄자들을 경찰에게 맡기고서 뒤쪽으로 물러났다.

"형사님! 제가 나쁜 놈들을 많이 알고 있습니다."

"저놈보다 제가 더 윗사람입니다. 저자가 알고 있는 건 사소한 부분입니다."

"매장의 점장이 바로 접니다. 가장 윗사람이라는 이야기죠. 알고 있는 모든 유통 조직과 제조 공장들을 낱낱이 밝히겠습니다."

서로 신고하겠다고 날뛰는 범죄자들을 상대로 사복형사들이 일사불란하게 움직였다.

이번 일은 미국과 유럽에서도 눈여겨보고 있었기 때문에 확실하게 처리해야만 했다.

"경찰서에 가서 이야기합시다."

"위조품들은 모두 압수하세요."

위조품 판매 일당들이 퀭한 얼굴로 경찰들에 이끌려 밖으로 나갔다.

수갑을 찬 채 나가는 그들의 얼굴은 좌절감과 절망감으로 물들어 있었다.

"역시 대표님!"

차준후의 옆에 바짝 붙어 있는 실비아 디온이 실실 쪼개가면서 웃었다.

"……왜?"

"말 몇 마디로 범죄자들끼리 싸우게 만들고, 위조품 제조 공장과 유통 조직까지 일망타진하셨네요."

"범죄자들에게 의리 따위는 없어요. 살 길이 보이면 먼저 가겠다고 난리치는 거죠. 자신이 알고 있는 걸 모두 토해 내고서 골로 가는 것도 모르고요."

"삭초제근! 뿌리째 뽑아내는 거군요."

이제 사자성어까지 익숙하게 사용하는 실비아 디온이었다.

그저 범죄자들을 탈탈 쥐어짤 생각만 했던 실비아 디온은 눈앞에서 교훈을 얻어 냈다.

저들에게서 빼앗을 수 있는 모든 걸 끄집어내면서 쥐어짜 내야 하는 것이었다.

"범죄를 저지르다가 걸리면 세상이 가혹하다는 걸 현실로 보여 줘야 합니다."

차준후는 범죄자들에게 어설픈 용서를 해 주지 않았다.

잘못을 했으면 책임을 져야 한다는 생각을 확고하게 가지고 있었다.

재벌 3세의 범죄로 육체를 잃어버렸기 때문이었다.

경찰과 법이 지켜 주기 전에 스스로 지켜야 하는 법이었다.

"인정사정 봐주지 않는다. 잘 배웠습니다. 잘못을 했으면 눈물을 질질 흘릴 정도로 마구 패 줘야죠."

실비아 디온이 앙칼지게 주먹을 꽉 쥐었다.

차준후의 과격한 가치관을 실비아 디온이 고스란히 배우고 있었다.
 어린아이 앞에서는 냉수도 함부로 못 마신다는 말처럼, 항상 행동을 조심해야 한다.
 어른의 잘못된 언행을 아이가 금세 배워 따라 하기 때문에 항상 주의하라는 선조들의 조언이다.
 "음! 이건 혹시나 해서 물어보는 겁니다만……."
 "편하게 물어보세요."
 "아빠가 뭐라고 안 하던가요?"
 "아빠요? 아주 좋아하세요. 진작 격투기를 가르쳐야 했다고 아쉬워하고 있어요. 가문 사람이라면 스스로 자신을 지켜야 한다고 말하시면서 권총까지 쥐어 주려고 하셨어요."
 실비아 디온의 아빠는 미국식 사고 관념이 투철한 군인이었다.
 그녀의 집안에는 소총과 권총 등 각종 총기류로 도배가 되어 있었다. 집 한쪽에 무기창고가 있을 정도였다.
 "아빠가 대표님께 고맙다는 말을 전해 달라고 했어요."
 "네?"
 갑작스런 이야기에 차준후가 당황했다.
 "제가 사랑스러워졌다고 하네요. 애교를 받았을 때는 정말 기뻤다고 하시고, 또 격투기를 함께 할 수 있어 좋다고 이야기하셨어요. 식사 한 번 같이하자고 하시네요."

이제는 실비아 디온의 아빠까지 차준후와 식사 자리를 가지려고 했다.

식사 자리를 원하는 딸 가진 아빠들이 자꾸 늘어나고 있었다.

"제가 요즘 바빠서요. 나중에 기회가 닿으면 식사하는 걸로 합시다."

차준후는 실비아 디온의 아빠인 주한미군 장성과의 만남을 극구 기피하기로 마음먹었다.

'될 수 있으면 만나지 말자.'

괜히 만났다가 크게 경을 칠 수도 있을 것만 같았다.

"칫! 안 바쁜 걸 내가 잘 아는데."

비서실장이었기에 실비아 디온은 차준후의 일과를 매일 살펴보고 있었다.

잔업을 하는 직원들과 달리 출퇴근 시간을 칼처럼 지키고, 정해진 시간에 점심 식사를 꼬박꼬박하면서 여유로운 직장 생활을 하는 차준후였다.

스카이 포레스트에서 가장 편안하게 직장 생활을 하는 사람을 꼽으라고 하면 단연코 차준후가 일등이었다.

그런 사람이 식사 자리를 거절한다는 건 만나기 싫다는 이야기였다.

그런 마음을 뻔히 아는 실비아 디온이지만 닦달하지는

않았다. 치근거린다고 통하는 상대가 아니었기 때문이었다.

"대표님, 괜찮으십니까?"

매장 밖에서 초조한 마음으로 살펴보고 있던 구로사와가 달려왔다.

방금 전 위조품 판매 일당들에게 둘러싸이는 모습을 봤을 때는 정말 깜짝 놀랐다.

"멀쩡합니다. 비서실장이 경호원들을 준비했어요."

"위험해 보여서 심장이 떨어지는 줄 알았습니다."

"그들은 대표님의 털끝도 건드리지 못해요. 위해를 가하려고 했다면 제가 스트레이트로 녀석들의 턱주가리를 날렸을 거예요."

실비아 디온의 꽉 쥔 주먹을 들어 올렸다.

앙칼져 보이려고 하는 모습이 역력했는데, 무척이나 귀여웠다. 그 모습이 너무 귀여워서 절로 흐뭇한 웃음이 나오려고 했다.

"실비아!"

"네, 대표님."

"제발 스스로의 몸을 아끼세요."

차준후가 단호하게 요구했다.

실비아 디온이 상대를 제압하려다가 다친다면? 생각만 해도 끔찍했다.

비서실장이 다치면 그 모든 책임은 대표인 차준후에게 있었다.

누가 총 들고 쫓아오는 모습이 자꾸 뇌리에 떠올랐다.

"알았어요. 더욱 열심히 격투기를 배워서 다치지 않고 제압할게요."

"……태권도도 배우세요. 검은 띠를 딸 때까지 싸우는 건 금지입니다."

차준후는 기필코 실전 격투를 벌이려고 하는 실비아 디온의 마음을 알아차렸다. 배웠으니까, 사용해 보고 싶은 것이다.

하지만 그런 모습을 차준후는 보고 싶지 않았기에 태권도 검은 띠라는 조건을 내걸었다.

"그렇지 않아도 태권도를 배우려고 했어요."

실비아 디온이 열정을 드러냈다.

주한미군들 가운데 일부는 태권도를 배웠는데, 실비아 디온도 태권도 수업에 참석한 적이 있었다.

발차기가 예술인 태권도를 볼 때마다 심장이 두근거렸다. 복싱에 집중하느라 태권도까지 배울 시간이 없었었다.

그렇지만 이제는 없는 시간을 쪼개서 태권도를 배울 생각이었다.

"다시 당부하지만 실전격투는 금지입니다. 아셨죠?"

"검은 띠! 제가 꼭 따고 말거예요. 그때는 실전격투의 봉인을 풀어 주셔야만 합니다."

차준후가 임시적으로 실비아 디온의 실전 욕구를 봉인했다.

식은땀이 등에 줄줄 흐르는 느낌이었다.

위조품 판매 일당을 상대하는 것보다 실비아 디온의 억누르는 게 더욱 힘들게 느껴졌다. 어디로 튈지 몰랐기에 통제하는 게 점점 힘들어져 갔다.

그렇지만 일당백으로 무척 유능했기에 곁에 두고 싶은 실비아 디온이었다.

* * *

일본 전역에서 위조 상품 일제 단속이 대대적으로 실시됐다.

첫날에만 위조 의류, 가방, 액세서리, 화장품 등 총 14,342점이 압수되었다. 정품 가격을 따지면 무려 4,000만 엔이 넘어가는 엄청난 규모였다.

일본 관세청과 경시청의 경찰들이 합동으로 집중 단속을 펼친 결과, 일명 짝퉁 위조 상품 불법 판매 및 제조업자 147명이 형사 입건되었다.

개수로 따겼을 때 스카이 포레스트의 화장품이 가장 많

앉고, 액수 역시 가장 컸다.

사람들 접근이 쉬운 긴자에서 짝퉁 스카이 포레스트 화장품을 판매하다가 걸린 일당들을 통해 고구마 줄기처럼 엮여 들어간 범죄자들이 많았다.

일본 공장에서 스카이 포레스트 위조 화장품을 제조하다가 급습한 경찰들에 적발됐다.

공장 창고에는 채 판매하지 못한 위조 상품들이 가득 쌓여 있었다.

일본은 위조 상품 거래가 증가하고 있다고 판단했고, 위조 상품 유통이 많은 번화가와 상가들을 대상으로 집중 단속하겠다고 밝혔다.

일본 경시청은 관세청과 함께 특별 단속반을 편성해서 한 달 동안 단속을 진행한다고 공시했다.

* * *

차준후는 당일 밤늦게 비행기를 타고 김포공항에 도착했다. 실비아 디온과 함께 입국 심사대를 통과해서 밖으로 나왔을 때였다.

"차준후 대표님."

"대표님, 인터뷰 부탁합니다."

"일본에서 불법적으로 위조 상품을 만들고 있는 범죄

조직을 일망타진했다고 들었습니다."

공항 로비에서 대기하고 있던 십여 명의 기자들이 득달같이 달려들었다.

긴자에서 있었던 일이 어느새 소문이 한국까지 퍼진 것이었다.

일본을 방문하는 한국인들이 가장 즐겨 찾는 곳 가운데 한 곳이 바로 긴자의 쇼핑 지역이었고, 때마침 그곳에서 차준후를 직접 목격한 사람들도 있었다.

차준후보다 조금 일찍 한국으로 돌아온 사람들이 소문을 퍼트렸다.

그 소문을 접한 기자들이 언제 돌아올지 모르는 차준후를 공항 로비에서 무작정 기다리고 있었다.

한국에 도착했을 때 처음으로 인터뷰해서 기사를 내보내겠다는 의도 때문이었다. 실제로 상당히 많은 기자들이 공항 로비에 모여 있었다.

"저 사람이 차준후였어?"

"같은 비행기를 타고 왔는데도 몰랐잖아."

"진작 알았으면 인사라도 하는 거였는데."

"난 취직시켜 달라고 부탁했을 거야."

"취직 청탁은 씨알도 먹히지 않는다고 하더라."

"우리 예쁜 딸을 소개시켜 줬어야 했는데, 아쉽다."

함께 비행기를 탔던 사람들이 차준후를 바라보면서 이

야기했다.

대한민국을 들썩거리게 만드는 차준후와 함께 있었는데도 불구하고 아무것도 몰랐다는 사실을 억울해했다.

"대표님, 한마디만이라도 부탁드립니다."

"제발요."

"공항에서 대표님을 오랫동안 기다렸습니다. 제발 한 말씀이라도 해 주십시오."

공항에 나타난 기자들은 까칠한 차준후의 성격을 잘 알았다.

예정되지 않은 인터뷰를 싫어했고, 무례하게 접근하면 좋은 결과를 보지 못한다는 것도 인지하고 있었다.

그렇기에 기자들은 차준후를 보게 되면 절대로 함부로 말하지 않고 읍소하자며 이미 입을 맞춰 둔 상태였다.

요즘 국내에 가장 많은 특종을 선사하고 있는 사람이 바로 차준후였다.

잘나가는 기자들이라고 해도 차준후의 눈치를 살필 수밖에 없었다.

"공항 한복판에서 이러면 다른 분들에게 민폐지요. 저기 비어 있는 곳으로 가서 인터뷰합시다."

차준후가 시원하게 기자들과의 인터뷰를 승낙했다.

예정에 없던 일과와 버릇없는 사람들을 싫어하는 차준후였지만, 지금은 즐거운 마음으로 기자들과 인터뷰하기로 마음먹었다.

 일본에서의 집중 단속 결과가 좋게 나오기도 했고, 기자들의 읍소 전략도 흡족했기 때문이었다.

 실제로 다짜고짜 사진부터 찍을 법도 한데 기자들 가운데 단 한 명도 카메라 플래시를 터트리지 않았다.

 "감사합니다."

 "대표님, 사랑합니다."

 기자들의 얼굴이 밝아졌다.

 차준후가 기자들을 데리고 공항 로비 한쪽으로 이동했다.

 "기자회견을 보고 가자."

 "어차피 늦은 시간이야. 보고 가도 괜찮아."

 지켜보고 있던 사람들이 집으로 돌아가지 않고 기자회견을 구경하기 위해 함께 움직였다.

 "질문 받겠습니다."

 기자들과 사람들에게 둘러싸인 차준후가 말했다.

 그러자 기자들이 다짜고짜 질문하지 않고 손을 번쩍 들었다. 차준후의 기자회견 방식에 대해서 잘 알고 있는 게 역력했다.

 "붉은 외투를 걸치신 분! 질문하세요."

 차준후가 기자 한 명을 지목했다.

 "천하일보의 김상민 기자입니다. 처음으로 질문할 수

있어서 영광입니다. 국민의 한 사람으로서 대표님의 금의환향을 축하드립니다. 위조 상품을 단속하기 위해 일본으로 직접 갔다 오신 걸로 알고 있습니다. 범죄 조직을 직접 소탕하셨다고 들었는데, 의도하고 다녀오신 겁니까?"

차준후의 눈이 커졌다.

금의환향이라고? 위조품 단속을 하고 왔을 뿐인데.

어떻게 보면 국위를 선양했다고 봐도 될 단속이기는 했다.

한국 화장품이라고 무시하던 일본인들이 짝퉁을 마구 제조하고 유통하다가 당사자에게 걸렸으니까.

의외로 금의환향이라는 표현을 써도 어울렸다.

"의도하고 다녀온 게 맞습니다. 다만 그 과정에서 저보다 옆에 있는 비서실장인 실비아 디온이 큰 역할을 했습니다."

차준후가 실비아 디온을 추켜세웠다.

실제로 이번 일에 있어서는 실비아 디온이 처음부터 끝까지 다 했다고 해도 과언이 아니었다.

질문했던 기자가 흡족하게 웃었다.

내일 천하일보 조간신문에 '차준후 대표! 일본 범죄 조직을 직접 때려잡다.'라는 제목의 기사가 일문에 실리지 않을까 싶다.

다른 기자들이 또다시 손을 번쩍 치켜들었다.

방금 전 질문했던 김상민 기자 역시 또다시 손을 들었다.

차준후의 지목을 받은 건 여성 기자였다.

"서울잡지에서 근무하고 있는 차선영 편집팀장입니다. 그동안 일본에서 비난이 빗발치고 있었습니다. 그동안 침묵하고 있었던 이유는 오늘처럼 본때를 보여 주기 위함이었습니까?"

"본때라는 게 어떤 의미인지 정확하게 와닿지 않네요. 그렇지만 비난을 유발시킨 사람들을 혼내 주려고 했던 것은 맞습니다."

차준후가 사실 부분을 숨기지 않고 솔직하게 인정했다.

"좋았어!"

차선영이 주먹을 불끈 쥐었다.

혼을 내준다!

당당하게 말하는 차준후의 모습이 그녀의 가슴을 찌르르 울렸다. 한국 최고의 신랑감이라는 게 실감 나는 순간이었다.

너무 좋아서 하마터면 결혼해 달라고 말할 뻔했다.

그간 차준후가 평소와 달리 침묵하고 있었던 건 상대를 박살 내기 위함이었던 것이다.

함부로 스카이 포레스트의 이익을 침범하면 날벼락을 퍼붓겠다는 소리였다.

잘못을 저지른 일본인을 혼내 주겠다!

이 얼마나 듣기 감미로운 이야기인가.

직접 듣는 순간 기쁨이 차고 올라서 황홀하기까지 했다.

그간 일본에 얼마나 당하고 살아왔나.

일본에 당한 피해의식이 차준후로 인해 조금이나마 씻겨 내려가는 기분이었다.

그리고 그건 그녀 혼자만의 생각이 아니었다.

주변에서도 차준후의 발언을 듣고 흥분해서 떠들어 대고 있었으니까.

"대단하다."

"역시 차준후야."

"현대판 독립투사나 마찬가지라니까."

"우리 딸 사위로 삼으면 딱 좋은데."

"좀 닥쳐. 네 딸은 아직 중학생이잖아."

"사 년만 기다리면 결혼시킬 수 있어."

기자회견을 지켜보고 있던 사람들이 웅성거렸다. 주변이 약간 시끄러워진 가운데 기자회견은 계속 진행됐다.

십여 명의 기자들은 저마다 한 번씩 질문할 수 있는 기회를 가졌다.

"기자회견은 여기까지 하겠습니다."

차준후가 기자회견을 끝내기로 했다.

"감사합니다. 대표님, 마지막으로 사진 한 장 찍을 수 있을까요?"

"부탁드립니다."

기자들이 간절하게 호소했다.

단순히 지면으로 기사를 쓰는 것과 사진이라도 한 장 올리는 건 파급력에 있어서 차원이 달랐다.

차준후의 사진이 함께 실리면 신문은 평소보다 훨씬 더 잘 팔린다.

기사 보도에 있어서 차준후 사진의 가치는 놀라웠다.

"좋습니다. 사진까지 찍고 끝냅시다."

차준후가 흔쾌히 승낙했다.

시원하게 웃는 차준후를 두고 기자들이 연신 사진기 플래시를 터트렸다. 특종을 건진 기자들의 얼굴에 만족스런 웃음이 피어났다.

지금 순간 공항의 기자들은 가장 행복했다.

"그럼 이만 들어가 보겠습니다."

"조심히 들어가십시오."

"다음 기회에 다시 뵈었으면 좋겠습니다, 대표님."

차준후가 기자들에게 인사하고 실비아 디온과 함께 공항 주차장으로 움직였다. 주차해 뒀던 포드 차량을 타고 떠나갔다.

점점 작아지는 차를 기자들이 아쉬운 마음으로 지켜보다가 총총 발걸음을 옮겼다.

"빨리 돌아가자. 조간신문에 올리려면 바쁘다고."

"일면에 차준후 대표 특종 기사를 올려야 한다고 먼저 전화해 놔. 윤전기를 멈춰 놓으라고."

"이야! 특종을 얻었으니, 공항에서 기다린 보람이 있다."

"정말 뜻깊은 시간이었어. 기자회견 내용으로만 며칠 동안 기사를 내보낼 수 있겠다."

기자들이 바쁘게 움직였다.

내일 아침 신문으로 기사를 올리려면 시간이 촉박했다.

공항에 나왔던 기자들 소속 신문사의 일면 헤드라인은 모두 차준후로 도배되었다.

「차준후 대표! 일본에 승리의 깃발을 꽂다.」

「일본의 짝퉁 시장을 급습한 차준후 대표.」

「차준후가 일본을 혼내줬다. 일본인들이 차준후의 바짓가랑이를 붙잡고서 눈물을 질질 흘렸다.」

「일본 긴자에서 벌어졌던 차준후의 생생한 목격담을 단독으로 보도한다.」

일본에 가서 직접 전투를 치른 차준후의 이야기는 그야말로 한국인들의 관심을 집중시켰다.

흥분되는 이야기였기에 폭발적으로 신문들이 팔려 나갔다.

"일본인들을 참교육시켰네. 한국인의 뜨거운 맛을 보여 준 거야."

"정말 대단하다. 나쁜 일본인들을 제대로 때려 준 거잖아."

"때린 곳을 또 때린다고 하네. 미국 법정에 나쁜 놈들을 세워서 아주 거덜을 내 준다고 한다."

"탈탈 털어 버리는구나. 차준후의 눈 밖에 나면 그야말로 작살이 나는 거야."

"다른 기업들은 절대 할 수 없는 일이야."

"스카이 포레스트야말로 이 시대 최고의 기업이다."

"매일 하늘숲 신문 기사들이 나오는데, 진짜 문제야. 너무 흥분되어서 매일 아침 신문이 나오기까지 기다려야 하잖아."

"어떻게 내 마음에 쏙 드는지 모르겠어. 이러면 사랑할 수밖에 없잖아."

"남자면서 사랑한다는 말을 하지 마라. 소름 끼친다."

"차준후는 한국인이라면 남녀를 떠나서 사랑해야만 하

는 완벽한 사람이야."

말하면서 행복한 표정을 짓는 젊은 사내였다.

좋아하는 걸 넘어서 사랑한다니!

차준후에게 극찬을 보낸다는 것이지만 이건 남자로서 표현할 수 있는 한계를 분명히 뛰어넘은 것이었다.

옆의 친구가 소름 끼친다는 표정을 지었다.

"지랄한다. 존경하는 걸로 충분해. 자꾸 헛소리하면 네 집에다가 남자 좋아한다고 말할 거야."

"이 친구가 농담을 진담으로 받아들이네."

"네가 진짜처럼 이야기하니까 그렇지.

차준후의 행보 때문에 이상 행동을 보이는 사람들까지 나타났다.

차준후 때문에 대한민국이 또다시 들썩거렸다.

(내가 제일 잘나가는 재벌이다 10권에서 계속)

환상이 숨쉬는 공간 파피루스 blog.naver.com/gnpdl7

회사 때려치우고 카페 합니다

펩티드 현대판타지 장편소설

야근에 잔업, 죽어라 일만 하던 어느 날
할아버지가 돌아가셨다는 연락을 받았다
하지만 회사의 반응은 싸늘한 업무 지시뿐

"이런 X같은 회사, 내가 나간다."

그렇게 사표를 던지고 내려온 고향
할아버지가 남긴 카페로 장사나 하려는데
이 카페, 뭔가 심상치 않다?

─상태 : 만성 피로, 극도의 스트레스
>김하나의 손재주

"뭔가 이상한 게 보이는데?"

손님의 고민을 해결하고 재능을 물려받자
바쁜 일상 속의 단비 같은 힐링이 시작된다!